纸上得来有象外意
书到此处求寻花

肖云儒

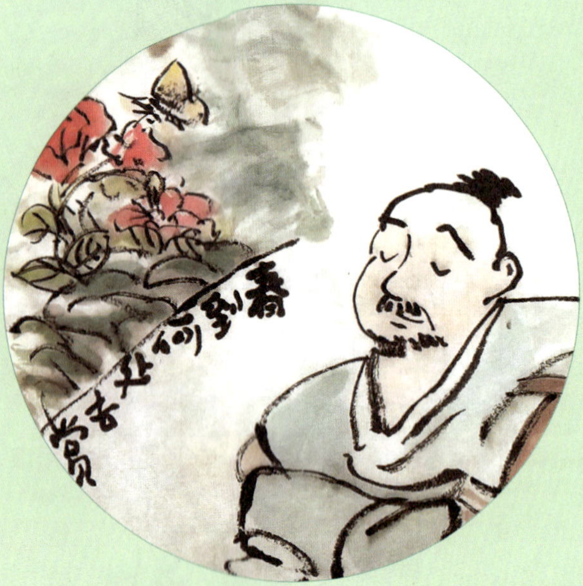
春到何处去觅

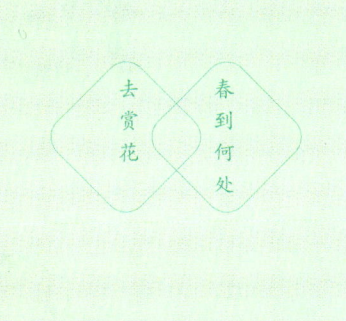

春到何处去赏花

春到何处去赏花

喻萍 绘

肖复兴 著

长江出版传媒　长江文艺出版社

自 序

继合是我多年的老朋友，一直在河北日报编《布谷》副刊。前几年，来信想让我在《布谷》上开个专栏，专写北京民俗风情，然后请他们报社的年轻画家喻萍女士配画。专栏的名字，他都起好了，叫作《兴文萍墨》，已经请子龙手书题就。

继合要求：每篇文章六七百字，只可短，不可长。这正合我意，布罗茨基曾说："纯文学的实质就是短诗。我们大家都知道，现代人所谓的attention span（意为一个人能够集中注意力于某事的时间）都极为短暂。"时下，读者阅读的耐心确实有限，手机的发展，生活节奏的加快，必定带来阅读心理和阅读形式的变化，进而带动文学的变化。我希望自己的文章能够写短。

于是，几年下来，便有了这本小书《春到何处去赏花》。书的责编李艳女士，也是我多年的朋友。由于专栏的文章写得断断续续，东一榔头西一棒子，不成章法，成书的编排，全赖于李艳的梳理。如今六辑，分门别类，涉及北京古都今昔的方方面面，足见李艳的老到与细致，让一盘散沙，聚沙成塔，有了清晰的脉络。写时随意，编时精心，不禁想起放翁诗，"乱书重理淡生涯"。是李艳将杂乱无章的短文，编辑整理成书，也让逝去的几年时光，有了摇曳的倒影。

可以说，这本小书是作者、画家和前后两位编者共同创作的结果。当然，还要加上乡党子龙的一番情谊。

读者诸君，看到此书，请也看到这一点。书内书外，昔日今日，人情人心，如水相连。

肖复兴
2024年5月15日于北京

春到何处去赏花

目录

第一章
春城无处不飞花

壹

春到何处去赏花 ……………………………… 003

唐花坞 ……………………………………… 006

宣南掌故花 ………………………………… 009

曾经街树是合欢 …………………………… 012

说杏 ………………………………………… 015

到北京看树 ………………………………… 018

老门联 ……………………………………… 021

市招小考 …………………………………… 024

四合院门帘 ………………………………… 027

花格纸窗 …………………………………… 030

I

第二章

萝卜羹和野味长

饮冰小史 035
"老北京"点心 038
京城吃不到的点心 041
酸梅汤 044
冬腌白菜 047
萝卜羹和野味长 050
咸菜这玩意儿 053
年前的干菠菜 056
除夕的荸荠 060
牛街小吃 063

春到何处
去赏花

目录

第三章
万家烟火千户灯

叁

放花盒 ……………………………… 067
过年放"耗子屎" ……………………… 070
迎春图 ……………………………… 073
逛庙会 ……………………………… 076
京城三月三 ………………………… 079
清明放风筝 ………………………… 082
洗象奇观 …………………………… 085
七夕之夜 …………………………… 088
兔儿爷 ……………………………… 091
重阳花糕 …………………………… 094

第四章
晚风庭院落梅初

来今雨轩 ……………………………………… 099

"六必居"老匾 …………………………… 101

桥湾儿 ……………………………………… 104

"金十字"珠市口 ………………………… 107

棉花胡同 …………………………………… 110

劝业场 ……………………………………… 113

广渠门外 …………………………………… 115

淑园小忆 …………………………………… 118

八面槽记忆 ………………………………… 120

潘家园 ……………………………………… 123

第五章
旧时风物成今忆

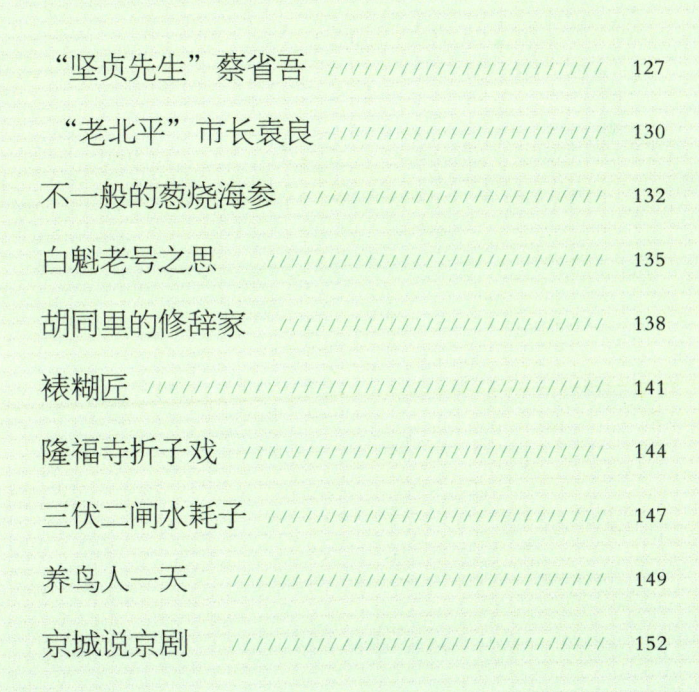

"坚贞先生"蔡省吾　　127

"老北平"市长袁良　　130

不一般的葱烧海参　　132

白魁老号之思　　135

胡同里的修辞家　　138

裱糊匠　　141

隆福寺折子戏　　144

三伏二闸水耗子　　147

养鸟人一天　　149

京城说京剧　　152

第六章

一蓑烟雨任平生

陆

冷饭庄 热饭庄	157
酒馆的分类	160
京城西药房	163
药铺改名记	166
胡同里的庙	168
北京胡同爱改名	171
前门第一宾馆	174
儿童电影院	177
京城纸店	180
京城报业前史	182

第一章

春城无处不飞花

壹

壹

春到何处
去赏花

春到何处去赏花

在老北京，花和树一般在皇家园林、寺庙和四合院里。春天踏青赏花，皇家园林进不去的时候，人们是到寺庙里，连烧香拜佛带赏花，一揽子完成。春节过后，过了春分，农历二月二十五，有个花朝节，是百花的生日，那一天，人们更会到寺庙里去，花事和佛事便紧密地连在一起。因此，在皇家园林还没有开放为公园的年代，到寺庙里赏花，是很多人一个共有的选择。

过去，老北京坊间有个顺口溜：崇效寺的牡丹，花之寺的海棠，天宁寺的芍药，法源寺的丁香。这四句话，合辙押韵。意思是说，开春赏花，不能不去这四座古老的寺庙，那里有京城春花的代表作。

那时候，到那里赏花，就跟现在年轻人买东西要到专卖店里一样，是老北京人的讲究。这便看得出是民俗的力量，已经形成了一种既定的传统。可以看出，老北京人赏花，讲究

春到何处去赏花

要拔出萝卜带出泥，连带出北京自己悠久又独特的历史和文化的味儿来。就跟讲究牡丹是贵客、芍药是富客、丁香是情客、海棠是愁客一样，每一种花要有一座古寺依托，方才剑鞘相合、鞍马相配，葡萄美酒夜光杯，相得益彰。

这四座古寺的花事繁盛，一直延续到民国。起码在二十世纪二十年代，泰戈尔访问北京时，徐志摩还专门陪同他到法源寺里看花。读张中行先生的文章，知道二十世纪四十年代，还看得到崇效寺施"大肥"，方能花开茂盛的绿牡丹和黑牡丹。这是崇效寺的绝活儿。新中国成立初期，崇效寺的这些牡丹全都被移植到中山公园，赏花更近便了。

唐花坞

北京市的中山公园里有座唐花坞，是北京最早的室内植物园。从民国之初到新中国成立之后很久一段时间，寒冷的冬天想看鲜花盛开，只有到唐花坞。

北京有这么一个中山公园，公园里有这么一个唐花坞，要感谢朱启钤。一九一四年，他任内务总长兼京都市政公所督办，有了这份权力，在一个多月的时间里，就将这个皇家的园林建成了面向民众开放的公园。如果没有他，不知道在北京要晚多少年才能建成一座公园、一座唐花坞。

当然，除了权力，还得有眼光和公心。将权力化为私利者，从古到今都大有人在。相较之下，便越发显得朱启钤的难得。

当时，他向政府各部要求捐款改建这个公园，每个部都捐了一千块银元，朱启钤一个人捐的也是这个数，足见他这个人和一般的官府之人不尽相同。

别人是把外面的往家拿 朱大人是把家里的往外搬

朱启钤不仅是官员，还是建筑家，中国营造学社就是他创办的。中山公园改建之初，他新建了一些亭台楼阁，唐花坞是其中第一批建筑，中间是一座八角亭，两侧呈扇面式，上铺蓝色琉璃瓦，中西合璧，分外醒目。

建了唐花坞之后，得有珍贵的花才相配。他家有一株珍贵的昙花，高达五尺，每到花期，他都会让人把昙花搬至唐花坞，供众人观赏昙花一现的珍贵一刻。这也让人们从另一个侧面，见识了朱启钤这个人。

唐花坞前的荷花池和荷花池边的水榭，也都是当年朱启钤主持建造的。民国时期，很多画展在水榭举办。尽管后来有人批评水榭建得太偏，不大显眼，发挥不了作用，但是，当年有这样的设计，为百年后的今天留下这样的景观，也实在是不容易了。

如今，外地游客到故宫的人多，到中山公园的则很少。与故宫的人山人海相比，这里像是万丈红尘之外，有别处难有的清静。

宣南掌故花

在老北京，院子里种紫藤的很多。紫藤铺展成片，需要搭架，占地较大。所以讲究种紫藤的，大多出自名人富贵之家，尤其在宣南，似乎更多。所以，龚自珍称之为"宣南掌故花"。

宣南一带，最老最大的一株紫藤，在给孤寺之东一户姓吕的人家。给孤寺的位置，在如今珠市口之西、陕西巷南口之东。清人有诗这样形容这株紫藤："一庭芳草围新绿，十亩藤花落古香。"说其十亩，自然是夸张；但说它是古香，却是实在的。

在宣南，紫藤最负盛名的有这样五处：杨梅竹斜街梁诗正的清勤堂、虎坊桥纪晓岚的阅微草堂、海柏胡同朱彝尊的古藤书屋、孔尚任的岸堂、琉璃厂夹道王渔洋的故居。这五家的紫藤，都为主人当时亲手种植。"满架藤荫史局中""庭前十丈藤萝花""藤花红满檐""海波巷里红尘少，一架藤萝

紫藤花开　掌故流传

癸卯喻萍

紫藤花开　掌故流传

春

是岸堂""诗人老去迹犹在,古屋藤花认旧门",这五句诗,分别是写给这五家紫藤的名片,也是后人遥想当年藤花盛开如锦的凭证。

我曾分别造访过这五处,王渔洋故居和孔尚任的岸堂已无处可寻。去古藤书屋时,它正被拆得七零八落。清勤堂的院落虽然破败却还健在,但那满架紫藤早已灰飞烟灭。阅微草堂被装点一新,成为晋阳饭庄,只有它的紫藤硕果仅存,春末时分,盛开如昨。只是,前些年修两广大街时扩道,阅微草堂的大门被拆,本来藏在庭院里的紫藤亮相在大街上,一架紫色花瓣翩翩欲飞,倚门卖俏,成为一街的盛景。杨梅竹斜街如今已经改造,焕然一新,街东口的清勤堂,显得越发低矮破旧、老态龙钟,大门洼陷下很多,院子里的人家搬空,肯定会被整修,只是不知道会不会补种一株紫藤,再现"满架藤荫史局中"的繁盛,让"宣南掌故花"的掌故恒久流传。

曾经街树是合欢

合欢又名马缨花，是我国一种古老的树木。夏季开花，纤细茸茸，绯红如云，非常漂亮；且花期很长，能开整个夏天。很长一段时间里，合欢曾是北京城街道的街树。

清诗云："正阳门外最堪夸，王道平平不少斜。点缀两边好风景，绿杨垂柳马缨花。"说明种合欢为街树，早在清时就有了，前门大街两旁，当年种的就有合欢。

后又看到芥川龙之介写的《中国游记》，在这本书里，他两次提到了合欢树。一次是从辜鸿铭家出来，朝着东单牌楼他住的旅店走的路上，说是"微风吹拂着街边的合欢树"。另一次是他说："合欢与槐树的大森林紧紧环绕着黄色琉璃瓦的紫禁城。"后者说明当时长安街合欢树的茂盛，前者则说明东单大街两旁当时是种着合欢树的。

还看到邓云乡先生的文章，说景山前街曾经种的街树也是合欢。

曾经街树是合欢

前几天，看到新出版的《北京味儿》，瞿宣颖在二十世纪三十年代所撰写的《故都闻见录》里写道："民国三四年间，东西长安街一带，广植德国槐和马缨花。此二木皆易长，至今长夏垂荫，与黄瓦丹垣，映带成至美之色彩。"

这样就可以相互佐证，合欢作为街树，在北京是有传统、有历史的，曾经一度辉煌。

清诗所言是清末之事，芥川龙之介是一九二一年从日本来到北京所见，瞿宣颖说的是二十世纪初的事，邓云乡说的是二十世纪五十年代的事。也就是说，合欢作为街树，曾经从清末民初一直到北平和平解放之后，存在过起码半个多世纪，盛放在北京的夏季，是很长一段时间街头的一道美丽风景。

如今北京城的街树花样繁多，可惜再也见不到合欢树了。

说 杏

麦熟杏黄时节，北京人讲究吃杏。

《燕京杂记》里说："杏之种亦有二：紫杏，黄杏。"所谓紫杏，就是现在卖的红杏。《北平风俗类征》引《水曹清暇录》里说："杏有三种，而黄杏最佳。"其实，杏远不止三种，我知道的就有红杏、黄杏、京白杏、火杏、八达杏、关老爷杏等多种。《水曹清暇录》里没有说是哪三种杏，但如今市场上流行的确实是三种：红杏、黄杏和京白杏。火杏、关老爷杏等，大概都是红杏的变种而已。

这三种杏的香气，略有差别。红杏的香味淡，黄杏的香味浓，京白杏的香味最清雅。如果说红杏如夏天的清晨，那么黄杏就如同炽热的中午，而京白杏则像是清凉而弥漫着花香的夜晚。如果论好看，红杏当然像红颜知己。论好吃，《水曹清暇录》里说得没错，还得数黄杏，沙沙的，绵软可口。但如果论好闻，得数京白杏。如今北京市场上，也有卖新疆哈

杏花开了，吃杏的日子还远吗

春

密杏和甘肃金妈妈杏的。前者个儿小，貌不惊人；后者个头硕大，颜色鲜亮。价钱都比北京本土的杏贵，但说实在的，都没有北京的杏好吃、好闻。

无论什么品种的杏，开的花都不香。有一年开春，路过怀柔一大片杏树林，漫山遍野杏花盛开，可是一点儿也不香。但到了杏黄麦熟的季节，再路过那片杏林，清香透人心脾，仿佛它们把香气像酒一样储存了整整一个春天，到它们成熟的时候，才打开酒瓶塞子，举办属于它们自己的盛宴。

有一年，我买了一篮京白杏，还没有熟透，尖上还是青的，香味都还深藏不露。我把它们放在阳台上，等过两天再吃。第二天上午一开阳台的玻璃门，满阳台都是浓郁的香味，那香味像憋不住似的，立刻长上了翅膀一样飞进屋里，久散不去。

我最喜欢京白杏。可惜，今年，没有见到一处卖。

到北京看树

论起古树来,北京最多。这是因为北京城的历史太古老,自然和这座古城一起共生与成长的古树就众多。树的历史比人类的历史要长久得多,北京古树多,便更是自然的事情了。

纵使几千年的沧桑变化,人为的战争和自然的灾害频发,在这样强烈的双重破坏力之下,很多古树已经消失。但毕竟树的数量极大且繁殖能力比人要坚韧,存活下来的依然很多。有意思的是,多少朝代的更迭,那么多的帝王将相,都已经灰飞烟灭,但是,那么多的古树,却依然存活至今,绿意葱茏。这是最让人惊叹不已的都市奇观。

北京如今古树尚存有四万多棵。在昌平龙凤山下檀峪村,有一棵拥有三千年树龄的老青檀,实在是让人不得不对这些古树心生景仰之情。和其他植物不同,树有年轮,树的年轮便是逝去岁月最有力的证言,容不得谎言或夸大其词,

到北京看树

春
到北京看树

成为了历史看得见的活化石。树的年轮,也是这座城市的年轮。

在城内,存在古树最多的是天坛,其中三百年以上树龄的古树,占了整个北京市所有古树的三分之一,主要是柏树——侧柏和桧柏。最为人瞩目的古树,当属长廊北侧的柏抱槐和回音壁外的九龙柏了。那里的古树,因为太有名,都被铁栏杆围着,人们无法与之亲密接触。对于我,最喜欢的是西柴禾栏门外的三棵古柏,一棵五百六十年以上,两棵六百二十年以上,没有围栏,可触可摸,可亲可观。

在天坛,如果看到开花的树,都不是古树,树龄最多不过几十年而已。

老门联

老门联，不仅北京有，全国许多地方都有。它和作为砖木结构的院落最是匹配，和国外石头建筑的门庭前的族徽一般醒目而别具风格。这个风格，是中国的风格，足见民族、民风与民俗。

有据可考，北京最早的门联出现在元代之初，元世祖忽必烈请大书法家赵孟頫写了这样一副门联，"日月光天德，山河壮帝居"，悬挂在元大都的城门之上以昭示众人。可见门联的历史之久。以后，北京院落大门之上的门联，是这副门联的变种，衍化而已。不过，门联由元世祖首创之后，我认为，最初应该不是由四合院大门起，而是由寺庙的大门始。特别是明清两代，在北京城兴建的寺庙与日俱增，寺庙大门两侧，不是有门联，就是有楹联，至今依然处处可见。

当然，门联的兴起，更和老北京城的建筑格局有关。

老北京的建筑格局，是有自己的一套整体规划的。从紫

老门联

忠厚培元气
诗书发异香

禁城到左祖右社、四城九门，一直辐射开来，到密如蛛网的街道胡同，再到胡同里的大宅门四合院，再到四合院的门楼影壁屏门庭院走廊，一直到栽种的花草树木，都是非常讲究的，是配套一体的，是对称均衡的，是相互衔接的。作为老北京最具有代表性特征的四合院，大门是给人的第一印象，就像给人看的一张脸，所以叫门脸儿，自然要格外重视。

四合院的大门，一般都是双开门，这不仅是为了大门的宽敞，出入方便，还讲究中国传统的中庸对称。这就为门联的出现和普及提供了方便和用武之地，门联便也就成了大门的一种独特的组成部分。这种最讲究词语和词义对仗、读音平仄和谐的门联，是我国古典诗词特别是格律诗和寺庙园林楹联的变体和延伸。这样的门联和左右开关的对称大门，正好剑鞘相配，一拍即合，大门开启或关合的咿呀之声，仿佛是门联自我的吟哦咏叹。

市招小考

  过去的商家,讲究"市招"。市招,即店家门前的招牌。这样的招牌,最早只是在店家门两侧或门楣窗上的横幅,以对联的形式出现。这是受中国传统文化尤其是门联的影响,可以说是四合院或寺庙门联的变种。如今,这样的传统,在同仁堂老药铺大门前还可以看到:炮制虽繁必不敢省人工,品味虽贵必不敢减物力。

  明朝永乐年间开店、号称"京城四大药铺"之一的万全堂,这样的招牌更是厉害。其门前对联为"万国称扬誉广三千界,全球景仰名垂五百年",为京城名医杨绳武题写。门楣之上万全堂的匾额左右两侧,有"万全堂乐家老铺精制饮片丸散膏丹仙胶露酒"的金字通天大匾。它的店中还有一副有名的抱柱联:"修合无人见,存心有天知。"可以说,其排场远超过同仁堂。

  到了清末民初,西风东渐,这样的传统,已经逐渐被新

你「招」我「找」

春

式的市招所冲破。民国之初，瞿宣颖在《故都闻见录》中写道："正阳门东西街招牌有高三丈余者，泥金朱粉，或以斑竹镶之，或又镂刻金猪、白羊、黑驴诸形象。"那阵势和如今的巨幅广告牌有一拼。他引《万历野获编》中关于店家招牌上的名对："珍珠酒"对"琥珀糖"，"诚意高香"对"细心坚烛"，"细皮薄脆"对"多肉馄饨"，"椿树饺儿"对"桃花烧卖"，"天理肥皂"对"地道药材"，"麻姑双料酒"对"玫瑰灌香糖"，"奇味薏米酒"对"绝顶松萝茶"……这样的市招，有传统的影子，但融入了新的时风。

当年，纪晓岚爱给市招作对"神效乌须药，祖传狗皮膏""追风柳木牙杖，清露桂花头油""博古斋装裱唐宋元明名人字画，同仁堂贩卖云贵川广地道药材"，亦成趣话。想那时招牌上的对子对得如此工稳又新颖有趣，如果用在今日改造后的老街的店铺门上，该是一种什么景致？

四合院门帘

对于住在普通四合院里的百姓来说,立夏这一日,便开始换窗纱、搭天棚了。清代《竹枝词》中说:"绿槐荫院柳绵空,官宅民宅约略同。尽揭疏棂糊冷布,更围高屋搭凉棚。"这里所说的"搭凉棚",便是所谓老北京四合院讲究的"天棚鱼缸石榴树"老三样中的"天棚"。这里所说的"糊冷布",就是要在各家的窗户前安上新的纱帘。

在没有空调的年代,凉棚和帘子是度过炎热夏天的必备用品。不过,能搭得起凉棚的,都是有钱的人家。清同治年间《都门杂咏》有诗专门写道:"深深画阁晓钟传,午院榴花红欲燃。搭得天棚如此阔,不知债负几多钱。"说的便是少钱的人家搭这样的凉棚是要负债的。对于一般人家,帘子比凉棚实惠。即使再贫寒的人家,可以不搭凉棚,为透风和防蚊虫,窗帘和门帘,哪怕只是用便宜的冷布糊的和用秫秸编的,也是要准备的。不管什么样的帘子,各家门前必有帘子。

做门帘

这样的传统，一直延续到二十世纪八十至九十年代。那时，不少人家不再用秫秸了，改用塑料线绳和玻璃珠子穿成珠串，编成帘子；还有用印有电影明星或风光照片的旧挂历，捻成一小截一小截，就像炮仗里的小鞭差不多大小，用线穿起来，挂历的彩色变成了印象派的斑驳点彩，很是流行了一阵。

当然，这是只有住四合院或大杂院才有的风景，人们搬进楼房里，这样的帘子渐渐被淘汰在历史的记忆里了。记得当年在天坛东门南边新建的一片简易楼里，还曾见过有人家挂这样的帘子，风摆悠悠的样子，多少还有点儿老北京的旧日风情。如今，这一带早已变了模样，时代的变化，帘子只是其注脚之一。

花格纸窗

老北京大多数人家的窗户是花格纸窗,夏天到来的时候,即使不可能家家都换成竹帘或湘帘,也要换上一层窟窿眼儿稀疏的薄薄的纱布,好让凉风透进屋里来。

对于老北京的花格窗,夏仁虎在《旧京琐记》里曾经给予特别的赞美:"京城屋制之美备甲于四方,以研究数百年,因地因时,皆有格局也……夏日,窗以绿色冷布糊之,内施以卷窗,昼卷而夜垂,以通空气。"

他说得没错,一般的窗户都会有内外两层。只是,我小时住过的大院的房子,和他所说略有不同:窗户外面的一层是花格纸窗,糊窗户纸;里面的一层则糊冷布,我们管它叫"豆包儿布",土白色,很便宜。绿色冷布有,得是稍微有钱的人家,少见。卷窗则更少见。

外面的一层窗是可以打开的,往上一拉,有一个挂钩,挂在窗户旁边的一个铁钩子上,旁边还有一个支架,窗子就

纸窗记忆

春

支了起来。如果夏夜窗户外面正好有树的阴凉，又正好有明亮的月光，把摇曳的绿叶枝条的影子，映在窗户纸和冷布上，变幻着好多奇怪的图案，很有一种在宣纸上画水墨画的感觉。这是在玻璃窗上绝对看不到的景象。

曾读到邵燕祥先生的一则短文，题目叫《纸窗》。他说的是一九五一年的事。那时候，郑振铎的办公室在北海团城的一排平房里，他去那里拜访。郑的写字台前临着一扇纸窗，郑对他兴致勃勃地说起纸窗的好处，最主要的好处是它不阻隔紫外线。事后，燕祥回忆那一天的情景写道："心中浮现一方雕花的窗，上面罩着雪白的纸，鲜亮的太阳光透过纸，变得柔和温煦，几乎可掬了。"将纸窗的美和好处，以及人和心情乃至梦连带一起，写出了一种静谧柔美的意境。

对于北京的纸窗，燕祥还写了他自己的另一番感受："也许明清以后的人才用纸糊窗，也才领略此中的情趣。月明三五照着花影婆娑，这是温馨的；若是霜天冷月，把因风摇晃的枯枝的影子描在窗纸上，可就显得凄厉了。"他说得真好，夏天，纸窗的好处明显；冬天，薄薄的纸窗，是难敌朔风的扑打的。

第二章

萝卜羹和野味长

貳

贰

春到何处

去赏花

饮冰小史

老北京,在没有冰棍和冰激凌更没有冰箱的夏天,最早吃冰是有等级的。有皇上的时候,皇上要给各位大臣颁发冰票解暑。《燕京岁时记》中说:"各衙门例有赐冰。届时由工部颁给冰票,自行领取,多寡不同,各有等差。"工部这样正儿八经的衙门颁发冰票,还得按官阶大小领取。

后来,读过一本《北京民间风俗百图》,清同光年间版本,其中有一幅题为《舍冰水图》,上有工整小楷题词:"凡三伏时,官所门首搭一席棚,木桶盛凉水,上置冰一块,棚上挂黄布四块,写皇恩浩荡,民间施舍,写普结良缘,以为往来人止渴。"看出来从乾隆到同光时期冰的进展,不仅有衙门的赐冰,也有官府舍冰,再到后来到处卖冰,冰才与民同乐,走进平民百姓家。

这便要归功于冰窖厂的建成了。旧时京城,一北一南,各有一个冰窖厂,北在什刹海,南就在珠市口。冰不再独为

吃冰也有等级

春

官家专属，开始对大众开放，专门在冬天结冰时藏于地下的冰窖厂，就等着天大热时节卖个好价钱。清时有《竹枝词》说："磕磕敲铜盏，沿街听卖冰。"敲铜盏卖冰，成了那时京城街头的一景。这是指卖冰的，还有专门送冰的。张恨水在文章里说："每月再花一元五角钱，每日有送天然冰的，搬着四五斤重一块儿大冰块，带了北冰洋的寒气，送进这冰箱。"他说的"这冰箱"，不是现在的冰箱，是一种"绿漆的洋铁冰箱，连红漆木架在内，只花两三元钱"。土制的，靠的是冰窖的冰来维持冰点。

对于贫寒人家，夏天里吃冰，吃的是冰核儿。《燕京岁时记》里说："京师暑伏以后，则寒贱之子担冰吆卖，曰'冰胡儿'。胡者，核也。"即把冰砸碎，一小块一小块地卖，比敲铜盏卖的冰还要便宜，也可以说是最便宜的一种冰了。

北京的普通百姓真正能吃到冰棍，是新中国成立了北冰洋食品厂之后的事情了。

"老北京"点心

偶然间听到一张老唱片，里面有一首太平歌词，是一九四二年一位艺名叫作"荷花女"的女孩十六岁（她十八岁就不幸早逝）时候的录音。其中一段专门唱老北京的点心，唱得情趣盎然、别开生面："那花糕蜂糕天气儿冷，他勾来了大八件的饽饽动刀兵。那核桃酥到口酥亲哥俩，薄松饼厚松饼是二位英雄。那鸡油饼枣花儿亲姐妹，那发面饼子油糕二位弟兄。那三角翻毛二五眼，芙蓉糕粉面是自来的红。那槽子糕坐骑一匹萨其的马，黄杠子饽饽拿在手中。那鼓盖儿打得是如同爆豆，那有缸炉重锁是响连声。我说前面的有推糖麻花是四尊大炮……那玫瑰饼坐上了传将令……"

这位小姑娘把这些老北京点心的名字串烧在一起（注意，唱词中的"三角""翻毛""鼓盖儿""缸炉"，可都是点心名），在一场刀枪剑戟的冷兵器战斗中，把它们纷纷拟人化，成为披挂上阵的各路兵马，体现了民间艺术独特的智慧

好的就是这口儿

春

和魅力。特别是她唱的"芙蓉糕粉面是自来的红""槽子糕坐骑一匹萨其的马",把芙蓉糕表面的那一层粉红,说成是北京的月饼"自来红";让槽子糕骑的是北京的点心代表之一"萨其马",巧妙地运用了转喻和谐音,让老北京人听了会心一笑。

在包括太平歌词在内的北京传统唱词中,没有一首唱西式糕点的。北京的西点历史,自然是赶不上中式点心的。二十世纪初,外国人开了北京第一家面包房,日后,才逐渐有了蛋糕、布丁、饼干、气鼓、起酥、拿破仑等诸多西点。但是,再多的西点,也改变不了老北京人的味蕾和胃口。这位荷花女八十年前唱的太平歌词,唱的就是老北京人这样的心曲。

京城吃不到的点心

老北京有名的点心铺很多,都是明清两代开张的老店。如今,这些老店基本不存,它们曾经生产的老点心,好多也已经失传。

正明斋开业于清同治三年(1864年)。它家的杏仁干粮、盐水火烧、槽子糕,颇受欢迎。民国时期,袁世凯、曹锟诸路军阀,都是正明斋的常客。张学良最爱吃它家的杏仁干粮。如今,杏仁干粮和盐水火烧,已经吃不到了。

祥聚公开业于清光绪三十四年(1908年)。它家的桂花板糕、姜丝排叉,是马连良先生最爱吃的两样点心。有一年,马连良到上海演出,春节回不来,馋这一口,便给祥聚公写信,店家赶紧把这两样点心给他寄去。这样的逸闻,坊间流传得特别快,桂花板糕和姜丝排叉声名大振,不胫而走。如今,这两样点心也吃不到了。

当年佩兰斋和滋兰斋卖的水晶糕,也吃不到了。那是一

不好意思,「杏仁干粮」「盐水火烧」「桂花板糕」「姜丝排叉」这些我们都没有

种南味小点心，当初有诗专门写它："绍兴品味制来高，江米桃仁软若膏。甘淡养脾疗胃弱，进场宜买水晶糕。"那可不是如今我们能吃到的如马蹄糕一样的东西，只要透点儿亮就万事大吉的。我们现在连它应该是怎么样的做法都不知道了。

《京师偶记》一书记载："各色环饼，用牛羊酥为之，不下二十余种，凡做全料环饼，价值三十余金。"这种气派的环饼，还能见到吗？我是连这样有二十余种的环饼的名字都没有听过。

三月开春时节，老北京人要去妙峰山庙前迎"净心雨"，下山摘榆树上刚刚生出的榆钱嫩芽，做榆钱饼，如今点心铺里还能买得到吗？

四月藤萝花开的时候，也见不到藤萝饼卖了。邓云乡先生曾说："藤萝饼是地道的北京佳点，是一种又甜、又腻、又清香的饼。而且看上去雪白，皮子一碰就碎，鲜红的印子，红白相映，看上去也是极美的。这么好的饼，多么值得人思念呢。"

多么值得人思念的老北京的点心，不仅仅是藤萝饼一种，如今很多都已经吃不到了呀。

酸梅汤

酸梅汤，以前老北京街头，到处有卖。小贩敲着冰盏，吆喝着：酸梅汤，真叫凉，闹一碗您尝尝！他不说买一碗，而说"闹"一碗，这是老北京话，只有老北京人懂得的味儿了。

老北京卖酸梅汤，以信远斋和九龙斋最出名。民国时，徐霞村先生说："北平的酸梅汤以琉璃厂信远斋所售的最好。"那时候，有街头唱词唱道："都门好，瓮洞九龙斋，冰镇涤汤香味满，醍醐灌顶暑氛开，两腋冷风催。"说的就是这两家。信远斋在琉璃厂，九龙斋在前门的瓮城，民国时瓮城拆除后，到了肉市胡同北口。

信远斋，新中国成立以后很长一段时间，到二十世纪八十年代，一直在琉璃厂。梅兰芳、马连良等好多京戏名角，都爱到那里喝这一口。店里一口青花瓷大缸，酸梅汤冰镇其中，现舀现卖。后来，店名改了，酸梅汤还在卖。还卖一种梅花状的酸梅糕，颜色发黄，用水一冲，就是酸梅汤。插队时，

再闹一碗

癸卯年喻岸

再闹一碗

春

我特意买这玩意儿，带回北大荒，用水冲成酸梅汤，以解思念北京之渴。

读金云臻先生《饾饤琐忆》，才知道九龙斋和信远斋的酸梅汤各有各的讲究。九龙斋的，是色淡味清，颜色淡黄，清醇淡远；信远斋的，是色深味浓，浓得如琥珀，香味醇厚。

那时候，酸梅汤之所以被北京人认可，如九龙斋和信远斋这样的老店，首要原因是原料选择极苛刻：乌梅只要广东东莞的，桂花只要杭州张长丰、张长裕这两家种植的，冰糖只要御膳房的……除此之外，制作工艺也是非同寻常。曾看《燕京岁时记》和《春明采风志》，所记载大同小异，都是："以酸梅合冰糖煮之，调以玫瑰、木樨、冰水，其凉振齿。"看来，关键在"煮"和"调"的火候和手艺，于细微之处见功夫。这和靠配方大行其市的可乐做法，是完全不同的。

冬腌白菜

大白菜，在我们国家有着悠久的历史。腌白菜，也是一种古老的吃法，我们中国人应该不陌生，且至今依旧喜欢吃。这便是我们中国人的胃对大白菜的感情。

贾思勰的《齐民要术》中收录有大白菜的一种吃法，叫作"菘根菹法"——说明这种腌白菜，可以上溯至公元六世纪。

《齐民要术》里说的菘根，就是白菜帮。它接着具体说这种腌制方法："净洗通体，细切长缕，束为把，大如十张纸卷，暂经沸汤即出。多与盐二升，煖汤合把，手按之。又细缕切，暂经沸汤，与橘皮和……"

如今，腌白菜对于北京人而言，是一种太普通的吃法，只是各家做法不尽相同。邓云乡先生在文章中介绍过他的做法："把大白菜切成棋子块，用粗盐曝腌一两个钟头，去掉卤水，将滚烫的花椒油或辣椒油往里一倒，'嚓喇'一响，其香

冬腌白菜

无比。"

我的做法是，将白菜连帮带叶切成长条状，先用盐水渍一下，挤出汤水，将其放进水滚开的锅里，冒一下立即捞出，置入凉水中，再用手把菜里面的水挤净，加盐加糖，淋上滚沸的花椒油和醋。吃起来特别脆。《燕京琐记》里说"以盐撒白菜之上压之，谓之腌白菜，逾数日可食，色如象牙，爽若哀梨"。我觉得我腌的白菜，就可以叫"爽若哀梨"。

很多菜的做法和吃法，在岁月暗换流转之中，经过代代人的传承，绵延着我们民族的古老传统。菜的做法和吃法里，有菜和我们共同的性情。腌白菜这样的吃法，可以说传承了贾思勰在《齐民要术》中所说的"菘根菹法"。只是，不知道为什么少了贾氏说的放橘皮这样一项。下次，再做腌白菜，我加一点橘皮试试。

萝卜羹和野味长

萝卜，是我国一种古老的菜蔬，起码有两千年历史。早在《诗经》中就有相关记载，北魏贾思勰《齐民要术》中，已经有了萝卜种植的描述。此后的历代诗文中，写萝卜的不胜枚举。

其中有一首七律宋诗，我对其前半首印象最深："晓对山翁坐破窗，地炉拨火两相忘。茅柴酒与人情好，萝卜羹和野味长。"之所以印象深，是因为它所写的"破窗""地炉""茅柴"，都是地道平民家中常见的东西，和萝卜很是相配。在普通百姓的四季生活中，萝卜和白菜的地位，并驾齐驱，是双主角。诗中说萝卜"野味长"，野味，可不是如今吃惯了油腻之后人们品尝的野味，而是普通人家的家常味。

萝卜，在老百姓的日常生活中，怎么可以缺少呢？所谓萝卜白菜保平安，萝卜和白菜，是我们的看家菜。

我挺喜欢吃萝卜的。到北大荒插队之后，冬天，在地窖

萝卜羹和野味长

春

里储存的白菜、萝卜和土豆,被称为"老三样",要吃整整一冬一春,一直到夏天有了青菜为止。冰天雪地中,再好的地窖,这"老三样"也会被冻坏。那时候,我们常吃的菜,就是用"老三样"熬的一锅汤,起锅时,笼上稠稠的芡,大家戏称为"塑料汤"。其中萝卜熬成的"塑料汤",就是前面所引宋诗中说的"萝卜羹",有一种发酵后的山野味。几十年过去了,那种野味——恐怕是萝卜最特殊的味道,成为我青春的记忆,至今难忘,真的是"萝卜羹和野味长"。

咸菜这玩意儿

咸菜这玩意儿,是农业时代的产物,应对的是漫长冬春两季青黄不接时青菜的短缺。我不知道咸菜是不是咱们中国人发明的,不过,咱们的腌菜历史确实够悠久。对上下几辈老北京人而言,这玩意儿,谁家都离不了。而且,老北京人还特别讲究,即使是切一盘芥菜疙瘩,也得切得细如发丝;还得撒上芝麻粒,再浇上几滴香油,吃得津津有味。

老北京的酱菜园有很多家,最有名的有四大家,分别是六必居、天源、天章涌和桂馨斋。它们的历史确实悠久:六必居创建于明嘉靖九年(1530年),天源创建于清同治八年(1869年),天章涌创建于光绪七年(1881年)。还有便是山东人开的山东屋子,其代表是铁门胡同的桂馨斋,开业于乾隆年间(1736—1796年)。它们个个有着厚重的历史。

和历史腌制在一起的,是它们的滋味,一样丰富、讲究而性格突出,绝不雷同。同酒讲究酱香型、浓香型、醇香型一样,旧时京城的酱菜园,分为"老酱园""京酱园"和"南酱园"三大派系。前者讲究用老黄酱腌制,味道偏咸却酱香浓郁;中间的用甜面酱腌制,味道咸中发甜;后者用南方方法腌制,甜中带酸。六必居和天源分别是"京酱园"和"南酱园"的代表;天章涌则是"老酱园"的代表;桂馨斋也属于"南酱园",但其有绝活,擅长冬菜梅干菜和佛手,菜品曾受御膳房赏识进过宫里,有别于一般"南酱园"。愿意吃哪一口的,就奔哪一家,所谓萝卜白菜,各有所爱。

如今,天章涌已经不在了。天源和桂馨斋的牌子还在,但店铺被拆了。唯一还立在原地不倒的,只有六必居,严嵩题写的老匾额也还在。前些年,六必居再次整修,店面装潢一新,还有新品种亮相。只是,当年我到那里买的芥菜疙瘩是七分钱一斤,如今卖到八块钱一斤了。

少了点啥

春

年前的干菠菜

以前，快过年的时候，老北京人要准备一些干菠菜。

当然，这里说的老北京人，指的是一般人家，富家是不屑于干菠菜的。过年必须得吃饺子，即使再穷的人家，也得包顿饺子；不吃饺子，不算是过年。北京人一般又有穷讲究的毛病，老舍先生的话说的是：即使吃咸菜疙瘩，也得切得跟头发丝一样细才行。那么，过年的饺子馅里，必须得翘一点儿韭菜，为的是韭菜那一点儿的绿，便有了一点儿春天的意思，过年迎春的意思便也在这里了。这和过去讲究新桃换旧符的意思是一样的。过年中的民俗，几辈人传承下来，借助过节，满足心底哪怕微薄的一点儿愿景。

过去的年月里，春节前的韭菜是棚子菜，贵，一般人家便退而求其次，用菠菜代替。菠菜是春天的菜，人们便会在春天买了菠菜后晾干，留到过年包饺子时用。干菠菜，从开春到冬末，走过漫长的四季，来到年夜饭的饺子馅中，真是不容易，是我们中国人守候过年真诚心意的体现。

以往岁月，过年之前，有小贩走街串巷，提篮小卖，篮子里，专门卖的就是干菠菜，赚的就是一般人家过年饺子馅里那点儿绿头的小钱。

买干菠菜，是有讲究的，需要些经验，要不容易上当，饺子馅里的那一点儿绿，就打了折扣。清末《燕市积弊》一书中说卖干菠菜的："别看买卖不大，从中也有毛病，凡是带着黄土，全都打了绺儿的，才是地道的干菠菜呢；要是干干净净，挺支棱，就是泡过水的。"泡过水的，再用水发，就不会那么绿了。所以说，买干菠菜，别光看表面，卖相好，不见得真的好。

小时候，年前还能够听到小贩卖干菠菜的吆喝声，但街坊们很少买。我妈更是说谁花这冤枉钱！开春的时候，她会买点儿火牙儿菠菜。所谓火牙儿菠菜，指的是菠菜头儿是红的。开春季节，火牙儿菠菜和鸡脖儿韭菜先后上市，最嫩。开春时节一过，大量的菠菜上市，火牙儿就见不到了，也就没有那么嫩。我妈及时买点儿火牙儿菠菜，自己晾成干菠菜，留到过年包饺子时候掺在饺子馅里，图那一点点的绿。

晾干的菠菜，头儿上的红色，已经看不出来了，有些发白；但其余部分，用温水浸泡之后，像水发海带一样膨胀开来，特别是那些叶子，还魂一般，又有了春天般的绿意。这真的是贫穷百姓过年智慧的体现。晾晒干菜，并非菠菜一种，

年前的干菠菜 图那一点点的绿

豆角、茄子、白菜等都可以。但是,都赶不上干菠菜,水发之后,立刻能够精神抖擞地变绿。

当然,晾干菠菜,也有学问。我妈的法子是买来的菠菜不能过水洗,直接晾在阴凉处,慢慢阴干,不能到太阳底下去晒。那样一晒,再好的火牙儿菠菜,也没法子还阳返绿了。我妈说,那是把菠菜的精气神儿给晒得没有了!

那时候,没觉得我妈够会说的。现在想想,再不济的日子,过年,可不就是过个精气神儿嘛!

除夕的荸荠

老北京，年前还讲究要备一点儿荸荠。

除夕黄昏，街面上最清静。店铺早已打烊，胡同里几乎见不到人影。这时候，远远地便会传来一声声"卖荸荠喽！卖荸荠喽！"的叫喊，格外清亮，各家都能听见。此时，大人们一般会走出家门，来到胡同里，招呼卖荸荠的："买点儿荸荠！"卖荸荠的会问："买荸荠哟？"大人们会答："对，荸荠！"卖荸荠的再问："年货都备齐了？"大人们会答："备齐啦！备齐啦！"然后彼此笑笑，点头称喏，算是提前拜了年。

荸荠，就是取这个"备齐"之意。那时候，卖荸荠的，赚这份钱；买荸荠的，图这个吉利。街面上卖的荸荠，一般分生荸荠和熟荸荠两种，都很便宜。对于小孩子，不懂得什么"荸荠"就是"备齐"的意思，只知道吃。那年月，冬天里没有什么水果，就把荸荠当成了水果。特别是生荸荠，脆生生、水灵灵，有点儿滋味呢。

荸荠 备齐

春

我小时候，除夕的黄昏，已经很少听到胡同里有叫卖荸荠的声响了。但是，这一天之前，父亲总是会买一些荸荠回家，他恪守着老北京这一份传统，总觉得是图个吉利的讲究。一般，父亲会把荸荠用水煮熟，再放上一点白糖，让我和弟弟连荸荠带水一起喝，说是为了去火。这已经是荸荠在除夕这天的另一种功能，属于实用，而非民俗，就像把供果拿下来吃掉一样。我们的民俗，许多都是和吃有关的，所以尤其受小孩子欢迎。

如今，这样的民俗传统大多成了回忆。除夕黄昏那一声声"卖荸荠喽！卖荸荠喽！"的叫喊，和大人们如孩童般"备齐啦！备齐啦！"的回答，已渐渐消失在岁月的旋涡里。我想，大人们之所以在那一刻返老还童似的应答，是因为人们对于年还存有一种敬畏；或者说，年真的能够给人们带来乐趣和欢喜。如今，人们大多住进了高楼，不知还能否听到这遥远的叫卖声呢？

牛街小吃

牛街小吃，历史悠久，最早要上溯到唐永徽二年（651年）。那时候，第一位来自阿拉伯的回民使者来长安城拜见唐高宗，自此伊斯兰教传入中国；与此同时带来清真口味的香料和调料，比如我们现在说的胡椒，其他如茴香、肉桂、豆蔻也都是来自阿拉伯。那琳琅满目的香料和调料，确实让中原人耳目一新，食欲大增。要说我们中国人的口味的改变，最早是从这时候开始的，是从这样的香料和调料入味——先从味蕾再到胃口的。

大量西域穆斯林流入并定居中国，是在元代；牛街，就是在那时候形成的回民居住区。他们同时把回民的饮食文化带到了北京，那是比香料和调料还要厉害的一种耳濡目染和潜移默化。写过《饮食正要》的忽思慧，本人是回民，又是当时的御医，《饮食正要》里面写的大多是回民食谱，宫廷里的和民间的都有。这大概是最早的清真小吃乃至饮食文化的小百科了。应该说，牛街是北京小吃最早的发源地。

过去说牛街的回民，"两把刀，八根绳"，说的是小吃生意本钱低，门槛不高。八根绳，说的是拴起一副挑子，就能够走街串巷了，成为当时居住在牛街的贫苦回民的一种生存方式。北京小吃最早是挑着挑子，走街串巷地吆喝着卖。两把刀，就是有一把切切糕、一把切羊头肉的刀，就可以闯荡天下了。别看只是两把普通的刀，在卖小吃的回民中，格外有讲究。切糕粘刀，卖切糕讲究的是一刀切下来，糕平刀净。卖羊头肉，更是得讲究刀工。《竹枝词》里说："十月燕京冷朔风，羊头上市味无穷。盐花撒得如雪飞，薄薄切成与纸同。"能把羊头肉切得像纸一样薄，得刀好，还真得有点功夫才行。

可以这样说，北京的名小吃，现在还活跃着的爆肚冯、羊头马、年糕杨、馅饼周、奶酪魏、豆腐脑白……大都出自牛街的回民之手。有统计说，那时候全北京卖小吃的一半以上都是来自牛街。开在天桥的爆肚满的掌柜石昆生，就是牛街清真寺里的阿訇石昆宾的大哥。北京的小吃，真的是树连树、根连根，打断了骨头连着筋，和牛街分也分不开。

如今，牛街小吃依旧红火，不是没有原因的。

第三章

万家烟火千户灯

叁

叁

春到何处去赏花

放花盒

老北京过年讲究放爆竹、放烟花、放花盒。花盒,是烟花和鞭炮的结合,相互的功能作用整合在一起,像是音乐里的二重唱。可以说,它是鞭炮和烟花的升级版。

民国有写放花盒的《竹枝词》:"九隆花盒早著名,美丽花样整四层。若问四层为何物,一字一楼二连灯。"这里说的"一字一楼",指的是每放一层的时候,会从盒子里飞迸出一幅大字来,类如福禄寿喜之类的拜年话。放花盒,有时候会像变戏法一样,给人意想不到的惊喜。花盒里暗藏玄机,连买的人、放的人,也不知晓,像看一部悬疑片,等着看一层层盒子里会飞迸出什么新奇的玩意儿。

放花盒,先要架起铁架子。六角形、八角形的大盒子,一层一层地码在架子上,再把架子挂起来,少的有三四层,多的有十几层,点燃起来,一层一层飞上夜空,纷呈着不同的缤纷情景,像是一个个节目次第出场,给你不同的惊喜,犹如

放小炮 过大年

一台小型的烟火晚会。

　　旧时京城做花盒最有名的店铺叫吉庆堂。吉庆堂老掌柜曾经专门为慈禧太后做过花盒，还被赐为六品顶戴内廷供奉。他最得意之作，是一个九层高的大花盒，那花盒里绘有彩画，含有机关。一层层如链条一样紧紧连接起来，就是一整出情节跌宕起伏的大戏。点燃之后，一层落下的是戏里的一个场面，这个场面和下一个场面，犬牙交错，层层剥笋，环环相扣，叠叠生波。那场面，别说"老佛爷"看呆了，搁到现在，就是想想，也分外绚烂夺目，令人向往。

　　春节，历史积淀下来沉甸甸的民俗里，含有民族的情感，也含有传统的艺术，还有我们民间的智慧。如今，我们快把花盒这样的老玩意儿给忘光了。

过年放"耗子屎"

传统过年，讲究放花放炮。听得见的叫炮，亦叫炮仗或爆竹；看得见的叫花，亦叫礼花或烟花。放花、放炮，就图个既能听又能看。过去，有民间传说"年"是鬼，听，便是给"年"这个鬼听的，让鬼闻风丧胆而逃，别再到新的一年里裹乱；看，则是给我们自己看的，看得见美好的一面，美好随新春一起向我们走来，和我们撞个满怀花开。

炮有多种，没钱的人放小鞭，有点儿钱的富裕主儿，放二踢脚。小鞭一挂，一百头、两百头或五百头乃至更多不等，长长的，挂在竹竿上，用香点着，噼噼啪啪，炒豆儿似的，响成一片，落红一地，是过年时最富有年味儿的一幅画。

胆大的主儿放二踢脚，有大有小，大的有小孩胳膊粗，被称为"麻雷子"。当着一列众人，胆大者故意把"麻雷子"拿在手中，用香火点着捻子，"麻雷子"从手掌

过大年

春

心一下子动如脱兔般蹿到天上,"砰——乓"连响两声炸雷,惊得众人拍手叫好。

花也有多种。"小人花"是一种很小的花,我们管它叫"呲花",是说它点燃之后,"呲"的一下,很快就没有了。"蹿天猴"是高级一点儿的花,长长的,燃放之后,火箭炮一样飞出,色彩缤纷,在夜空中盛开一朵或几朵,此起彼伏,犹如四散倒垂的丝菊花。

小时候,家里生活拮据,我买不起一整挂小鞭,只能和几个小孩一起凑钱买一挂,每人分二三十粒,舍不得一气放完,一粒一粒拿在手里,点着之后扔出去听响。我们也买不起"小人花",只能买一种跟仁丹大小的花——用一层薄薄的泥,裹着一点儿火药面,跟耗子皮一样的灰色,所以叫作"耗子屎"。两分钱能买好多粒。虽然,它们比"呲花"还要"命短",有时还没来得及看见它们那萤火虫屁股丁点儿的光亮,它们就消失在夜色里了,但我们还是追逐在它们后面欢叫不止。

迎春图

立春，民间又叫打春。最早有立春之日要把皇宫门前立的泥塑春牛打碎一说，史书上记载"周公始制立春土牛"，指的就是这样的事情，说明这样的传统历史悠久。最早时，皇上要在宫内亲自迎接芒神和春牛，还要做个扶犁状的造型。宋代《东京梦华录》书中曾经记载：芒神和春牛"从午门中门入，至乾清门、慈宁门恭进，内监各接奏，礼毕皆退"，可谓礼仪隆盛倍至。

《京都风俗志》说宫门之前"东设芒神，西设春牛"；礼毕散场之后，"众役打焚，故谓之'打春'"。将春牛打碎，有鞭策老牛下地耕田的"催耕"之意，人们纷纷将春牛的碎片抢回家，视之为吉祥的象征。

这里说的芒神，就是春神。立春这一日，老北京的庙会里，一般都会卖春牛图。图中，前面牵牛的那个男人，画的就是芒神。一般人家，哪怕已经进了城，不是农民了，也会把春

迎春图

牛图请回家。这和把春牛的碎片拿回家的意义一样,春神和春牛都是对一年收获的保佑。

这一传统,后来稍有变动,设于宫门前的芒神、春牛,改立郊外。自明朝起,设在东直门外,仪式由顺天府尹组织完成。此地在如今东直门外东湖别墅处。

那时泥制的春牛和以前也有所不同,肚子里要装有五谷。打碎之后散落出来的五谷,象征着五谷丰登。明朝有许多诗描写这种"打春"风俗:"春有牛,其耳湿湿,京师之野,万民悦怿。""春有仗,其朱孔扬,丰年穰穰,千万礼箱。"此时的万民欢腾,是对新的一年丰收的鞭策和期盼,算得上一次全民迎春总动员。

清诗人钱谦益有诗:"迎春春在凤城头,簇仗衣冠进土牛。"说明一直到清前期,这种彩仗鞭牛的风俗,还是盛行的。民俗的东西,就是这样演绎在宫廷内外,蔓延在历史的变迁之中,成为我们的一种想象、一笔财富、一幅从遥远过去垂挂在今日的长卷迎春图。

春到何处 去赏花

逛庙会

北京的庙会历史很长，有人说可以上溯到辽代，更有人说自从有了庙就有了庙会，庙会和庙是连体婴儿，一起诞生、长大、变老。在老北京，庙会很接地气，介入百姓的民俗和民生。

庙会的发达，在明清两代，一直绵延到民国和新中国成立初期，最长到二十世纪六十年代。据一九三〇年统计数字，在城内的庙会有二十处，可以说是鼎盛时期。想一想，这里说的城内，指的就是现在的二环路以内，居然有二十处庙会，实在是不少了。北京的这些庙会，一年四季都有，最热闹的当属春节期间。过年时，一天去一处，从大年初一到十五，都去不过来。谁过年不去一次庙会，就像谁过年不吃饺子一样，是不可思议的事情。

最有名的是东西两城的隆福寺庙会和护国寺庙会。有诗说："东西两庙货真全，一日能消百万钱。"足见热闹程度。

逛庙会

春

除此之外，东城的雍和宫庙会和东岳庙庙会，西城的白塔寺庙会和白云观庙会，南城的蟠桃宫庙会、厂甸庙会和花市的火神庙庙会，都是过年期间人们必去的。一般而言，到了农历三月三，蟠桃宫庙会一结束，热热闹闹的庙会就到了尾声。

庙会是庙的衍生物，是庙和人关系变化的变奏曲。后来的庙会，已经是人头攒动，蒜瓣般一个紧挨着一个卖货的和卖小吃的摊位，吆喝声四起，淹没了寺庙的晨钟暮鼓和香烟缭绕。卖和买，玩和吃，越来越占据上风头。最初庙会之中的祭祀、祈福和祝愿的原始意义，逐渐淡化而让位于商业和娱乐。前面引诗说东西两城的庙会"一日能消百万钱"，正可说明这一点。

那时候，人们说去庙会，往往爱说是"逛庙会"，一个"逛"字，将庙会的原始意义彻底解构，并稀释为一种单纯的商业与游乐相结合的项目了。这样的演变，全世界皆然，西方的圣诞节，一样也成了商业和娱乐挟圣诞老人以行天下的日子。

京城三月三

三月三，不是个节气，也不像五月五的端午节，是个节日。老北京人却讲究过三月三。

传说三月三是王母娘娘的生日。三月三这一天，老北京城最热闹的地方在蟠桃宫。蟠桃宫正名为"护国太平蟠桃宫"，蟠桃宫大殿里，专门供奉着王母娘娘像，四壁塑有从四方赶来为王母娘娘祝寿的群仙浮雕，阵容强大，很是气派。

明清至民国间，每逢农历三月初一至初三，蟠桃宫都要开庙三天，名为"蟠桃盛会"。老北京城一年四季庙会很多，但三月三赶蟠桃宫庙会，却是京城百姓的首选。这一天，蟠桃宫内外，人山人海。

蟠桃宫的位置在如今东便门角楼的对面云腾宾馆前，一九八七年，蟠桃宫被拆。原来蟠桃宫大殿前的"护国太平宫碑"，立在宾馆前的绿树丛中，要仔细看方能看到。

以前，蟠桃宫坐北朝南，背后是运河流入京城的支流大

三月三 种了葫芦 挖龙须

春

通河，如今，那里变成了宽敞的二环路。历史的沧桑，在建筑及其四周景观的变化上体现得最醒目。但那得是曾经看过昔日景物的人，才能对比出来，触摸得到时间流逝的感觉。

小时候，蟠桃宫离我家很近，出崇文门往东一里多地就到。这一里地路边两侧摆满小摊、茶棚、酒肆和练把式卖艺的场子，吃喝玩乐，样样俱全，热闹非常，是逛蟠桃宫庙会悠长的前奏。我们一帮孩子的乐趣更多的是在这里，远胜于蟠桃宫王母娘娘像前的蟠桃和香火缭绕。

三月三，还有特别的民俗。一是种葫芦必要这一天。民国的《北平指南》说："栽植葫芦必于三月三日下种，否则结实不繁。"二是采龙须菜必要到天坛。清末《帝景岁时纪胜》说："三月采食天坛之龙须菜，味极清美。"龙须菜即益母草，药食两兼，自然不错。

种葫芦必得三月三这一天，我不知道是否有科学道理。龙须菜确实不见得非这一天采不可，那时候，天坛里这玩意儿很多，三月里哪天都可以采到。但这一天，去天坛的人很多，似乎觉得这一天沾了王母娘娘生日的光，龙须菜的药效最好，味道尤佳。

清明放风筝

风筝,是我国一种古老的玩意儿,相传是春秋时期墨子发明的,起码有两千年的历史。北京人放风筝的习俗,自清末时起。开春后、清明前,天气转暖,云淡天高,是放风筝最佳时节。有童谣道:"杨柳青,放风筝。"老北京人把放风筝称作放晦气。清明祭祀之后,就会把放风筝的线绳剪短,让其飞去,一冬天笼罩心头的晦气便一并散去。所以,清明之后,一般不会再放风筝了。

放风筝,老少皆宜。像我们一般的小孩子放的风筝,是用高粱纸或废报纸糊在秫秸秆上做成的,长方形,下缀几根长纸条。这是最简易的风筝,叫作"屁股帘儿"。那时候,小孩子穿的是开裆裤,冬天为了挡风,会在屁股后面挂一块布,这块布就叫"屁股帘儿"。我们那个时候的小孩子,谁没过这样的"屁股帘儿"呢?

以前没有那么多高科技的游戏可玩,放风筝便格外欢

我有我的风筝

春

乐，做的风筝也格外讲究。这和灯节时做的灯相似。灯有简单便宜的走马灯，也有奢华的宫灯。讲究的风筝，如人物钟馗嫁妹或动物蜈蚣，硕大无比，能够将其放到天上，需要功夫。放的时候先立地不动，放长线，然后一下子拉起风筝，直飞天上。那情景，便不只是游戏，更像杂技了。当然，制作这样的风筝，更需要技术，老北京城有民谚："北城黑锅底，南城瘦沙燕。"如今人们已经不知道锅底、沙燕是什么样子了，但还知道这里说的是南北两城做风筝有名的哈家、金家两家。

旧时，皇宫里也放风筝，风筝飞上蓝天，皇城外的普通百姓也能看见。如果线断了，风筝飞到宫外，百姓还可捡到。宫内设有一种"镖陀子"的机关，既可防止风筝外流，也可拦截外面百姓风筝的入侵。但是，风筝哪里那么听话，况且百姓自有法子，专门捕捉皇宫里飞出来的风筝，这也是京城放风筝的一景和一乐。

洗象奇观

现今宣武门十字路口西北角那幢十层楼房所在的地方，是以前皇家的象房旧址。有案可稽，明《工部志》说它是明弘治八年（1495年）建的。那时的大象不像现在的动物园里的宠物象，而是要参与朝政的礼仪的，清人书中记载"午门立仗及乘舆卤簿皆用象"。那时的象是分等级的，"先后为序，皆有位号"。吃的食物，也分"几品料"。百官进朝入毕，象会立刻"以鼻相交而立，无一人敢越而进矣"。那情景非常壮观，颇似现在的仪仗队。京城帝景，礼仪中透露出的气派，带有南亚风采，完全和世界接轨，一派大国风范。

对于普通百姓，宫廷中御象的壮观，是看不到的。但每年阴历六月初伏时，象房里的大象要迤逦而出，红帐引导，旗鼓相迎，跨过象房桥，到南边一点的护城河洗澡，那情景一样壮观。清郑孝胥有诗云："宣武洗象迎初伏，万骑千车夹水看。"猜想，那时护城河畔，人头攒动、翘首眺望大象出

象来了

象来了

春

场的情景，一定如现在仰望明星出场一样。

每年六月大象在护城河洗澡，成为一景，轰动京城。明代画家崔青蚓曾画有《洗象图》，清时诗人吴梅村专门题诗："京师风俗看洗象，玉河春水涓流洁。赤脚乌蛮缚双帚，六街士女车填咽。叩鼻殷成北阙雷，怒啼卷起西山雪。图成悬在长安市，道旁观者呼奇绝。"将当时看洗象的人和管洗象的人，以及大象在沐浴之中仰鼻喷水如雪声如雷震的场面，都描写得极为生动。难怪这幅《洗象图》悬挂在长安市时是如此轰动，明清两代传一时之盛。

如今，这样六月洗象的奇观，已成为历史，只留下"象来街"这样一个街名。这条街，便是从当年的象房到护城河这一段路。我一直以为，这是一个非常好听的街名。看到象来街名，就能想象出当年大象迤逦而来时，众人高喊"象来了，象来了"的情景。

七夕之夜

七夕之夜,老北京人讲究乞巧。在我小时候,乞巧,有两种玩法。一种是拔下家里的一根扫帚苗,把它劈成薄薄的细细的针尖形状,然后把它放进院子的鱼缸或者水盆里,在月光的照射下,和邻居孩子比,谁的扫帚苗在水里的影子长,谁就赢了,因为影子长的就表明和天上的织女巧合对在一起了。一种是躲在葡萄架下听牛郎织女在喜鹊搭的桥上说话,谁能够听见,谁就有福气了。

第一种,是女孩子的游戏;第二种,则男女都可以玩。那时候,我住的大院后院里,有一个葡萄架,到了七夕晚上,我们一帮孩子都会挤进葡萄架下,听牛郎织女说话。但从来没有听到过一次,觉得是大人骗我们的瞎话。大人们却说我们吵吵得太乱,得屏声静气才可以听到。

长大以后,看民国时的《帝京岁时记补稿笺》旧书,里面写到七夕这一天:"月下穿针,花间斗草,水中泛花针,自作

乞巧

巧果，各出心裁，以示巧拙者。又使小儿者在葡萄架下井栏前偷听牛郎织女哭声。又传喜鹊搭桥，次日视庭院喜鹊头必无毛。"才知道这一天小孩子的玩法这样多；更是头一次知道喜鹊搭桥是用了自己的羽毛，第二天如果看到喜鹊的话，它们的头上是没毛或掉毛的，是多么好玩呀。老北京的夏天，让这些美丽的传说生龙活虎起来；这些美丽的传说，也让老北京的夏天，特别是孩子们夏天的夜晚那样色彩缤纷。

在我小时候，在四合院里，夏天还能够看到萤火虫。轻罗小扇扑流萤，看萤火虫在院子里的花间草丛中飞舞，然后飞上天空，和星星一起扑闪着明亮的眼睛，会让我觉得夜空真的非常美丽又神奇。这应该属于整个夏天给予老北京最好的馈赠、最美的回忆了。

兔儿爷

中秋节讲究拜月，按理说嫦娥是主角。但是，在民间，玉兔却抢了嫦娥C位的风头。人们尊称它为长耳定光仙，把它和嫦娥、吴刚仙人一样等同看待。或许是民间的一种追求平等的心理趋向吧，才会让玉兔和嫦娥、吴刚平起平坐；也是玉兔可以捣药、能够治病、保佑安康吧，俗话说，"没灾没病就是福"，这是普通百姓心底最大的愿望呢。

民间不叫玉兔，更不叫长耳定光仙，都管它叫兔儿爷。中秋节前，卖兔儿爷的大小摊子摆满了街。兔儿爷，虽都是泥捏而成，但花样繁多、贵贱不一。据说，最早出现的兔儿爷如牵线木偶，双臂用线牵连，可以上下活动，不停做捣药状，憨态可掬。清末有《竹枝词》唱道："瞥眼忽惊佳节近，满街争摆兔儿山。"可谓壮观。

过去，在老北京，中秋节前后，戏园子要上演和中秋节相关的剧目，这是老北京的传统。清升平署中秋节最早的剧

如果给中秋节挑选形象代言人,在老北京,恐怕不是嫦娥,得是兔儿爷呢。

目是《丹桂飘香》《霓裳献舞》，是专门给皇上、太后看的。四大徽班进京，京戏普及之后，戏园子在胡同里建得多了起来，特别是一九一五年，梅兰芳上演了新戏《嫦娥奔月》之后，再过中秋节戏园子上演的戏，必是《嫦娥奔月》了。在这出载歌载舞的戏里，少不了兔儿爷，扮演兔儿爷、兔儿奶奶的李敬山和曹二庚，是当时名噪一时的丑角。

如果给中秋节挑选形象代言人，在老北京，恐怕不是嫦娥，得是兔儿爷呢。

重阳花糕

重阳节是一个很老的节日。这一天,老北京人讲究要登高的,城北要登天宁寺,城南要登法藏寺。登高的同时,还讲究要喝菊花酒、插茱萸、吃花糕。喝菊花酒、插茱萸,已经不常见了,但吃花糕的传统,至今犹存。花糕一般分上下两层,里面夹着枣泥、山楂、核桃仁和果脯,上印"重阳花糕"方章,红红的,很喜庆。

重阳花糕,自明代开始就有,来自皇宫,传至民间。过去《竹枝词》里说"中秋才过近重阳,又见花糕各处忙",对应的是老百姓心底"层层登高,步步高升"的吉祥愿景——既是对老人,也是对所有人的一种祝愿。我们民族饮食的博大精深,讲究把万般不同的心愿和时序拧结一起的悠久民俗传统,随季节变化而花样翻新,不像西方一年四季点心都是一样的蛋糕和面包。

按《京都风俗志》里说,糕上面应该印有双羊图案,是

重阳节,其实就是爱的节日

"重阳"的一种谐音化的印记。还有一种花糕，是用黄米和江米蒸成上下两层，中间裹以枣栗等果仁，叫作上金下银，图个金玉满堂的吉利。当然，前者价钱贵，后者便宜。后者在登高的寺庙前和山道两侧热卖，摊子旁要插着各色旗子，让人一目了然，知道是卖花糕的，人称"花糕旗"，成为重阳节热闹而醒目的一景。清《竹枝词》里说"今日登高遇佳节，去寻市上卖糕人"，说的就是这一景。

今日，我们强调重阳节是敬老节，特别讲究晚辈对长辈的孝敬。在老北京，还有另一层含义，格外彰显的是长辈对下一代尤其是女儿的关爱。明《帝京景物略》一书就记载着重阳节也是"女儿节"的来历。这一天，父母必定要在家里迎接出阁的女儿回家，回家后有一个必不可少的节目，就是吃花糕。如果这一天没有迎来出阁的女儿回家吃这一口花糕，"母则诟，女则怨诧，小妹则泣望其姊姨"。

民俗的传统，有时候就是这样有意思，表面看起来是饮食男女、儿女情长，积淀下来的却是民族文化流淌的血脉。重阳这一天长辈和晚辈团聚，真的是日月并阳、好事成双，两辈人的感情如水循环、温暖彼此。

重阳节，其实也就是爱的节日。

第四章

晚风庭院落梅初

肆

去赏花　春到何处

来今雨轩

中山公园里,我一直觉得最美的风景在来今雨轩。它的门外有宽敞的亭台,上面罩着一个大大的铁罩棚(这是洋玩意儿,在一百多年前是独一无二的,只有大栅栏里的瑞蚨祥学它,也罩了同样的铁罩棚),四围有雕栏玉砌,栏外是一片牡丹花畦和芍药花坛,再前面有青竹翠柏。特别是东侧正好可以看到故宫端门一角,夕阳西照时分,一派金碧辉煌。来今雨轩选址在这里,借景的功夫了得!

来今雨轩的建立,要感谢朱启钤。他当时任内务总长兼北京市政督办,有这份权力,也懂建筑,中国营造学社就是他创建的。来今雨轩这个名字,也是他取的。正是他的努力,一九一五年,中山公园里才有了来今雨轩这样一处漂亮的新风景。正因为风景漂亮,到这里来的人很多。不少名人,比如柳亚子、鲁迅、陈寅恪、沈从文、叶圣陶、张恨水、林徽因等文人,还有秦仲文、周怀民、王雪涛等画家,都愿意到这里来。可以说，京城今昔，再没有一个能吸引如此众多的文化人的雅集之地了。

如今，来今雨轩已经变为茶座和小卖部，卖的冬菜包子最出名，并新有了精致的包装。店门前有对自己的介绍，主要介绍当年名人的荟萃和革命者借此活动的历史。

因有了历史和风景，还有记忆元素的加入，冬菜包子吃起来便不只是肉末和冬菜两种味道了。

"六必居"老匾

六必居，在北京大栅栏旁的粮食店街，是北京的老字号，最早开业于明朝年间，专卖各种酱菜，可以说是北京酱菜园的鼻祖。

六必居起过两次大火，都说火烧旺运，但六必居可不愿意看着自家起火，毕竟损失惨重。一次是庚子年（1900年）间，八国联军入侵北京城，一把火烧了大栅栏，殃及粮食店街，六必居老店也被烧掉了；一次是民国年间，六必居自己不慎失火。

庚子年间的大火中，幸运的是，没有烧毁掉"六必居"的老匾。过去的商家，在自家的匾额上很讲究，越是有名的老店，越会请名人撰写匾额，悬挂于店门之上。六必居的这块老匾，相传是严嵩所写，端正浑厚，非常醒目。它既是六必居的招牌，也是其镇店之宝。这块老匾为什么能够在大火中幸存下来，一直是传说不一、扑朔迷离，至今没有人说得清

终身伙友

楚。这也算是冥冥之中的奇迹了。

　　民国期间大火时，六必居老匾得以保存，却是说得清楚的。当时，店里一位老伙计，看见火势蔓延，没有迟疑，只身闯进火海，冒死将"六必居"的牌匾抢了出来。六必居的老板很是感动，将这位老伙计命为"终身伙友"，并终身"高其俸"。这是有案可稽的。可以看出，无论是伙计，还是老板，都看重六必居的牌子，知道店铺烧毁可以重建，老匾烧毁了，损失无法挽回。老匾里有老店的历史，有老店的声誉，更有老店自己的独家秘笈和道德操守，而不只是为了利益高高挂起老店的牌子以招摇。这是件真实的往事，不是传说。

桥湾儿

桥湾儿是北京的一个老地名。如今地铁七号线，在这里专门设立一站，就叫桥湾站。

既然叫桥，说明这里以前必有水，便是有名的三里河。《京师坊巷志稿》里说："正统间修城壕，恐雨水多水溢，乃穿正阳桥东南洼下地，开濠口以泄之。"说得很清楚，明朝正统年间，为了泄洪，在前门楼子东侧的护城河，斜着往南挖出一条泄洪沟，穿过西打磨厂街的洼地，沿北孝顺胡同以东、长巷头条以西的位置，冲出了一条人工河，进入左安门的护城河，一直流向大通河，再和大运河相连。这条泄洪河，大约三里长，就叫成了三里河。现在这一带小桥、水道子、薛家湾、鲜鱼口的地名，都可以看出当年水的影子。桥湾儿就是这样沿河流淌出来的一个地名，也是这条河的一个重要节点。因为河水在这里打了一个弯儿，往东南方向流去，所以，叫作桥湾儿。

逛老北京 了解胡同和水的关系 来桥湾儿就对了

桥湾儿，我非常熟悉。小时候，家离这里不远，到金鱼池或天坛玩，必要经过这里。读中学以后，也常从汇文中学后门出来，坐二十三路公交车，在这一站下车，穿过芦草园和草厂胡同回家。水是早就没有了，只剩下三里河和桥湾儿的地名，和这一片纵横交错的胡同。这一片胡同，大多是在干涸的旧河道上渐次建起来的，都是明朝就有的老胡同了，由东西两侧草厂十条胡同和长巷四条胡同，呈扇面形流到这里，桥湾儿就是这十四条胡同的交会点。这十四条胡同都是斜街，形成全北京城独有的景观。地理的肌理，就是这样在历史的皱褶中形成。

　　如今，除长巷头条、草厂头条和十条以及半扇三条被拆，其余的这些斜街都还在。逛老北京，了解胡同与水系的关系，特别是想看斜街，这里要比烟袋斜街和杨梅竹斜街丰富多了。

"金十字"珠市口

珠市口,号称老北京的"金十字"。陈宗蕃先生所著的《燕都丛考》中有一句引文:"盖以珠市口大街为经,用以区别雅俗耳。"这话说得很明确,当时珠市口地理位置显赫,不仅是一道贫富的分水岭,也是雅俗之间难以迈过去的一道梁。

那时候,有"道儿北"和"道儿南"的俗称。这个"道儿",指的就是珠市口。好的店铺、戏园子,都在珠市口以北。那时有钱的主儿,可以到"道儿南"的天坛城根下跑马踏青、射柳为戏,断然不会到"道儿南"的天桥去看戏,虽然天桥也有不少戏园子、落子馆。

同样,一般在"道儿北"演出的演员,不会到"道儿南"去演出。若是被生活所迫,不得不到"道儿南"去了,再想回到"道儿北"来,可就难了。民国初,有位秦腔旦角,红极一时,无奈之中去"道儿南"演出,便再也没有回到"道儿北"

那时候，有「道儿北」和「道儿南」的俗称，这个「道儿」指的就是珠市口。好的店铺戏园子都在珠市口以北。如果「道儿南」的演员想出名，必须使出吃奶的劲儿到「道儿北」演出。珠市口，就是他们的「龙门」。

来。相反，如果"道儿南"的演员，要想出名，必须得使出吃奶的劲儿到"道儿北"来演出。珠市口，就是他们的"龙门"。当年，许多演员从天桥出来，都是必须跳过这道"龙门"——先得跳到珠市口"道儿北"的开明戏院里演出，得到认可，方才可以到"道儿北"的其他剧场里演出而最后成名。珠市口，当时就是这样牛，必须得从那里蘸一次团粉、走一遍油，才能够把自己像干炸丸子一样，炸得一身金黄，抖擞着出名。

所以，当年梅兰芳为印度诗人泰戈尔演出的《洛神》，选择在开明戏院。

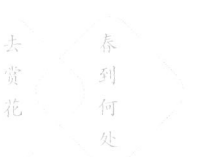

棉花胡同

北京有两个棉花胡同，一个在西城，护国寺以北；一个在东城，交道口往南。两个棉花胡同，都很有名。西城的棉花胡同，民国时期曾经住过困顿京城的蔡锷将军，因而出名，如今旧址还在；虽变成了大杂院，但两百多岁的老槐树，依然枝叶沧桑。东城的棉花胡同，因有大名鼎鼎的中央戏剧学院而出名，从这里也曾走出过陈道明、巩俐等众多影视界明星。

西城的棉花胡同，是因为在清代聚集弹棉花的手工业作坊而得名。东城的棉花胡同因何得名，我就无从知道了。如今，让紧挨着它的南锣鼓巷闹的，东城的这个棉花胡同跟着也人多了起来。而西城的棉花胡同，我前些日子去了一趟，依旧很清静。

我在中央戏剧学院上过四年的学，又教过两年的书，对东城的这个棉花胡同熟一点儿。前不久回学校，却发现弹簧

北京有两个棉花胡同

大门紧闭，根本进不去了。对面的灰墙也已不在，拆掉，盖起了新楼。当年，初试发榜的时候，是一张张大白纸写上考生号，贴在那面灰墙上。我就是在人头攒动中，找到自己的号码的。想想是五十七年前的事，一切恍然如梦，日子如水长逝。

学院东边，三十一号院，门上那一副老门联，居然还在：总集福荫，备致嘉祥。读书那四年，年年冬天体育课，连毕业的体育考试，都是一千五百米长跑。从学院大门跑出来，往西拐出棉花胡同西口，跑到前圆恩寺胡同，然后绕到宽街，从棉花胡同东口跑回来。每一次，都要跟这副老门联打照面，熟悉得不能再熟悉了。

劝业场

在老北京，劝业场和王府井的东安市场、菜市口的首善第一楼、观音寺街的青云阁，并列为京城四大商场，名气曾经冠盖京华。陈宗蕃先生在他的《燕都丛考》中说它"层楼洞开，百货骈列，真所谓五光十色，令人目迷"。它是西洋式建筑，有着那个时代西风东渐的痕迹。

劝业场的建立和发展，和清末民初变革的时代密切相关。戊戌变法之后，清政府不得不实行一些维新之举，学习日本，全国各地先后新添劝业道和劝工局的设置，其宗旨是"振兴实业，发展工商"。

劝业场经历两次大火之后，一九三八年才恢复了元气，在原来三层的基础上加盖了一层，在四层增加了一个叫"新罗天"的剧场，又在楼顶开辟了屋顶花园。道教里三十六天最高一层，被称为"大罗天"，取唐代王维的诗"大罗天上神仙客"的吉利之意。自此，劝业场增添了娱乐功能，还从天津的义记公司购买了厢式电梯，每层安装了防火的消防器，开辟了天平门。这在当时都是现代化新潮的玩意儿，来看热闹的人络绎不绝。一直到一九四九年，我还看到天平门上闪着红灯的醒目指示牌。

新中国成立前后，是劝业场最发达的时期。那时候，首善第一楼没有了，青云阁沦落了，京城四大商场，便只剩下劝业场能够与东安市场抗衡。相比较而言，劝业场的体量没有东安市场大，但多了一点儿洋味儿。在我的记忆中，劝业场虽然几经更名，一直到二十世纪八十年代初，依然是红火的。劝业场有前后两门，后门立面是巴洛克式，下有弧形台阶，上有爱奥尼亚式希腊圆柱，顶上还有拱形阳台、欧式花瓶栏杆，有点儿像舞台上演莎士比亚古典剧的背景，尤其是夜晚灯光一打，迷离闪烁，加上从前门大街传来的市声如乐起伏飘荡，真是如梦如幻。

如今，劝业场被装修一新，淹没在新建的北京灰色楼群中，不像以前那么醒目。

广渠门外

北京"东郊"一词的出现,在二十世纪的五十年代。新中国成立之初,要兴建第一批工厂,东郊被醒目地画在新北京建设的版图上。对比西郊西山一带,东郊一马平川,除了农村,还是农村,没有名胜或风景。虽然《城垣识略》里记载有元代的名园双清亭,在《日下旧闻考》里记载明朝有为修天坛而积木的皇家神木厂,但那都属于历史发黄的记忆。新中国成立之初,一批新兴的厂房,升腾起朝气蓬勃烟雾袅袅的烟囱,便没有任何负担而可以阔步向前,拉开了建设北京城的东进序曲。

广渠门中的"广"和"渠"都是大的意思,在这里迈开北京的工业步伐,算是找对了地方。那时,广渠门外大街和广渠路,被一道孤零零的二十三路公共汽车串联起来,一直连接到珠市口——北京城的城区中心。

出广渠门不远,有打坯坑、石香炉、垂杨柳三个小村,那

去工厂

时，正兴致勃勃开始新生活的北京人也会起名，舍前两个村名，而将这块地方合并为一，取名为垂杨柳，用想象中的诗情画意抹去旧时的落后和荒僻。以后，就是在此建立了北京人民机械厂的总厂。

再往东，便是双井。也是一个村，相传这个村有两口井，日本鬼子占领北京的时候，曾经进驻过这里找这两口井，却怎么也找不到了。北京造纸厂和北京内燃机厂，后来就建在这里。

双井旁的土山，号称九龙山。其实，以前那只是一座小土山包而已。据说，明末时，山上有一座庙，因住过李自成的军师宋应策，让这里有了些微的名气。这里建起了"人机"的主厂区，并成为我国生产印刷机最大的厂家。

双井往东不到一公里，如今，一座大型商厦合生汇，巍然挺立。商厦下面，有七号和十四号两条地铁，节假日，人潮涌动，热闹非凡。

淑园小忆

民国时期,北京城新建了一些私人花园。这些园子,和旧时王府不尽相同,建筑、花木的格局等,颇具新潮。有的主人是留洋归来,这种特点就更加明显。淑园就是其中之一。

淑园的主人是陈宗蕃先生。我对他一直非常感兴趣,源自读了他的书《燕都丛考》,十分钦佩。他以一人之力,积十余年功夫,钩沉典籍,寻访胡同,写下了这本北京街巷地理大全,其深邃功力与深远影响,迄今未有人可及。爱屋及乌吧,才对其人其园感兴趣。

陈宗蕃是福建人,一九〇二年中举进京,后以刑部官员的身份官费留学日本归来。淑园,是他日本归来之后于一九二三年买地,自己设计建成的中西合璧的别墅园林。他在《淑园记》中自述:"旅京二十年,节衣缩食,薄有余禄,岁癸亥乃择地地安门内之左,曰米粮库者而居焉。"淑园占地十余亩,地盘不小。能够买得起内城这样大的地盘,陈宗蕃说他要节衣缩食，也得有不少银两才行，要不就是当时地皮便宜。

淑园最大的特点，是花木品种繁盛，大概京城其他的私家园子都难以与之匹敌。陈宗蕃自己记载的就有"桃杏李栗葡萄苹婆樱桃，海棠玫瑰蔷薇玉簪木槿紫薇芍药"等，可谓五彩斑斓。淑园的另一个特点，是它东墙之外与皇城城墙紧紧相连，要说皇城根下，淑园才真正是也。当年，即一九二七年，淑园建成不久，内务部下令拆除皇城，这一段红墙，被陈宗蕃出资买下，方才得以保护，也算是做了一桩善事。

对于我而言，以为淑园最大的意义，是陈宗蕃在这里写下了《燕都丛考》。淑园还曾经是胡适创办的《独立评论》的编辑部。一九三一年，陈宗蕃写完最后三编的《燕都丛考》之后，便将淑园脱手卖给了画家陈半丁。好像他建这个园子，就是为了写他的这部书。这与很多人花钱买地置房、享受占有的欲望和价值观相去甚远。

淑园，串联着几位名人，记载着一段历史。可惜，如今已经找不到了。当年陈宗蕃保护下来的西皇城根那一段城墙，也没有了。

八面槽记忆

出王府井北口，往北到灯市口西口，这段路原来叫八面槽。几百米长，很短。据说，最早这里有八面水槽，供过往的官员饮马之用，由此取名八面槽。和王府井当年路边有一口王府家用的水井，那里便被叫成了王府井一样，都是因物得名。只是，同样都是水，汉白玉镶嵌井沿的深井里的水和饮马槽里的浅水不一样。王府井显得高端，有贵族气；八面槽显得土气些。如今，"八面槽"这个地名已经消失了，连同南面的王府井大街一起，统统叫王府井了。王府井里的水漫延过来，吞并了八面槽。

八面槽，如今最出名的是路东的大教堂和对面路西的利生体育用品商店，人来人往，非常热闹。特别是教堂前修葺一新、花团锦簇，已经成了网红打卡地，到那里留影为念的人很多，还有拍婚纱照的。

曾读过邵燕祥先生写八面槽的一则短文，里面写了他亲

八面槽即景

眼看到的一桩沉重的往事。日本占领北平后，在八面槽街中心立了一个黑色的炸弹模型："尾翼翘然，见棱角，而炸弹头朝下，仿佛一触到地面，立刻就会轰然巨响，弹片与泥土瓦片纷飞，大火熊熊，浓烟滚滚，使繁华闹市陷入惊叫、哭喊，最终转为灭绝一切的寂静。这就是日本军国主义对沦陷区中国人的恐吓和威慑，以炸弹，以暴力，以死亡。"

邵燕祥先生所说的这个立着炸弹模型的八面槽街中心，就是现在的教堂和利生中间的这个位置，路面重新修过，很平整光滑，并置有花坛，色彩缤纷。每一次路过这里，总忍不住想起燕祥的那篇文章，想起日本人在这里安装的那个黑色的炸弹模型。

潘家园

潘家园十字路口西,有个修车铺,长年累月在那里,变成了一棵长在那里的街树。

修车铺的后面,最早是一片农田,后来是一片平房,那时候,他就在那儿修车。平房拆了,变成了一片高楼,他还在那儿修车。他和他的修车铺,就在背景的转换之中,一起苍老。

有一天,我坐在马路对面的台阶上,画他的小铺——一辆排子车改造成的,上面驮着柜子,摆满零零碎碎的各种工具和配件。

也画他,他坐在一旁的一把折叠椅上,一副愿者上钩的样子,闲云野鹤,满不在乎:半闭着眼睛,望着前方,似睡非睡,半醉微醺。

私家小汽车普及后,自行车少了,修车的人跟着也少了;后来,流行共享单车,那车可劲儿造,坏了就扔,不坏也扔,自有专门的人去收拾，他修车的生意更加锐减。不过，他还坚持在这里，不图挣钱，有个抓挠儿，自己给自己找点儿乐吧。

修车铺小，却五脏俱全，得画一阵子。每次抬起头往他那里看的时候，都觉得他也在抬头看着我；便有些做贼心虚，怕被他发现我在画他，被抓个现行，当场露怯。

画完之后，拍拍屁股走人之前，又朝他那边瞅了一眼，他还是一样的姿势，眼睛瞅着前方。心想，也许他习惯了，就是这样，根本没工夫搭理我。是我自作多情，以为人家在看我画画呢。

有时候会想，不少老北京人的生活状态，就像他这样子，不饥不寒万事足，有山有水一生闲。对比潘家园旧货市场里面那些争相竞买假货、一心想挣大钱快钱的人头攒动的情景，他和他的修车摊，和潘家园旧货市场是相对应的两极，一静一动。一边是争渡，争渡，惊起一滩鸥鹭；一边是孤舟蓑笠翁，独钓寒江雪。

第五章

旧时风物成今忆

伍

伍

去赏花

春到何处

"坚贞先生"蔡省吾

说起对于老北京民俗文化的书写,绕不过清末民初的蔡省吾先生。他写的《一岁货声》和《燕城花木志》两本书,是研究老北京胡同里的货声和养花之道的开山之作。

《一岁货声》,是对胡同里一年四季百余种货郎吆喝声的钩沉搜集。他说:"一岁之货声中,可以辨乡味,知勤苦,纪风土,存时令,自食于其力而益人于常行日用间者,固非浅鲜也。"当年,周作人曾称赞:"夜读抄《一岁货声》,深深感到北京生活的风趣。""自有其一种丰厚的温润的空气。"

《燕城花木志》,不仅记录花的品种,连同花木的莳弄栽培的方法和注意的细节,从播种、分根、压条,到培插、粘接、暖薰,都写到了。在此之前,还未曾有人写过京城花事这样的书来。这是他不辞辛苦亲力亲为的感悟和记录。仅他所记录的蜀葵花色就有五六十种之多,均为前人所未曾写过。

蔡省吾不仅是学问之人,更是一位性格刚毅的奇人。

坚贞先生

读《天咫偶闻》，里面有一则轶事，提到蔡省吾。说清末时有一个叫德续的镶黄旗人，"少无赖，习市井事，所居与蔡省吾邻。省吾教其为善，且授之书，遂为善事，及闻城破登城持刀作据守状，遂中炮死"。德续在守城时中炮而死，发生在八国联军入侵北京之时。德续受益于蔡省吾的教诲，竟如此壮烈。同样在八国联军入侵北京的时候，蔡省吾不忍屈辱，曾拔剑自刎，后被救活，表现的是和德续一样强烈的民族气节。

民国时期，张江裁先生主持印制蔡省吾著作的时候，在蔡省吾线描绣像后题词赞曰：静如止水，动若云行；岸然道貌，浑穆心灵；克矜水物，克谨视听；高山仰止，坚贞先生。

想蔡省吾是当得起"坚贞先生"这样的称号的。

"老北平"市长袁良

一九三一年,袁良任北平市长。这时候,国民政府南迁,北京不再是当时的首都,而成为北平。一座古城未来发展的方向在哪里?这个问题摆在袁良的面前。

这位毕业于日本早稻田大学的新市长,对北京城进行了大刀阔斧的变革。他上任伊始,就制订了《北平游览区建设计划》,明确指出要把北平变为一座"世界现代都市"。这项计划极具现代性,明确指出,对帝制遗迹不再只是简单地移除或改建,而要将其保存为北平和中国文化的象征。

在袁良的努力下,《北平游览区建设计划》得到了一步步的实施。这个计划,充满对北京的深厚感情和文化自信,自豪地宣称北平的宫殿、园林、古庙"不仅是东亚文化之渊薮,亦世界名胜之伟绩"。

为实现将北平建设成文化之城、旅游胜地的目标,市政府制订了建设的总体方案,首先是将包括长城在内的北平附近所有名胜古迹涵盖其中，并组织专家编纂介绍名胜古迹的图文并茂的旅游手册《旧都文物略》，袁良专门为之写了前言。然后，开始改善交通等基础设施，增加广告，设立旅游公司，增加游乐设施，在市内建立一座面向外国游客的京剧院。以后，又对古建筑进行维修，其中非常重要的一项是对天坛的修缮，这是距天坛毁于雷电并于一八九〇年维修后，历经近半个世纪以来，第一次全面的维修，其保护意义非凡。

袁良最大胆的设想，是曾经雄心勃勃地计划将曾经被当作总统府的中南海，改造成一个理想的观光旅店，兼具"现代"和"中式"特色。袁良希望它能当之无愧地成为"理想之东方园林饭店"，而为世界瞩目。

尽管这一切未能得到全面实现，但袁良的努力以及他对古都建设的构想，不该被遗忘。

不一般的葱烧海参

那天午饭,有幸同王义均老先生同桌。他是一代名厨,丰泽园老饭庄的主厨。如今,退隐江湖,长闲有酒,一溪风月共清明,难得在餐厅里再见到他的身影了。

王先生师从鲁菜一代宗师牟长勋,在国内外拿过大奖,葱烧海参、烩乌鱼蛋、醋椒鱼等丰泽园的看家菜,都是他的拿手绝活。当年,做国宴请他去;梅兰芳在世时,做家宴也要请他去。客座美国,牛刀小试,让外国人看得眼花缭乱,当地报纸称赞他的技艺简直是具有"魔术般的魅力"。

能够和这样的大师坐在一起吃饭,真的是长学问。他是真正的知味之士,所谓变戏法瞒不过筛箩的,什么能瞒过他的法眼呀。

席间上来了一盘葱烧海参。海参一共有十三个品种,过去葱烧海参的海参,一定得用灰参,而且葱得先放进汤中熬出葱香味来备用,最后的海参才能吃出葱烧的味道来。现在

人生难得遇大师 葱和海参也一样

的葱都是后加上的，是为了让你看的。王先生是做这道菜的大师，他告诉我以前做这道菜，海参都是亲自挑亲自发的。那时候的认真与精细，只存在于我们的想象中了。

我请教王先生这盘葱烧海参做得怎么样，他告诉我起码葱不是后加上的，经过了烧，葱烧葱烧嘛。

我不懂王先生说的这些奥妙，只是觉得葱烧海参确实好吃。或许是知道王先生到场，厨师不敢懈怠，得拿出浑身解数才行。

如今，的确存在"大师"泛滥的现象，如同蛐蛐的两根长须子，谁稍稍一挑逗，立刻自以为是地岔开。而真正的大师，却如王义均先生，已经大隐隐于市。有幸能够见到王先生，并沾了他的光，我才能吃到这样水准不一般的葱烧海参。

白魁老号之思

烧羊肉，是一种传统美食。袁枚在他的《随园食单》里说，烧羊肉曾"惹宋仁宗夜半之思"，味美可想而知。在老北京，最早卖烧羊肉的，比较出名的有三家：前门的月盛斋、安定门的成三元、隆福寺的白魁老号。相较之下，酱羊肉前两家做得好；论烧羊肉，最后胜出的，是白魁老号。这固然有其做工精良别出机杼的秘诀，比如要经过吊汤、紧肉、码肉、煮肉、煨肉和炸肉六道工序，让人叹服。

白魁老号做的烧羊肉是时令之作，农历二月初二龙抬头这一天，是白魁老号起出老汤烧制出售的一年之始。这一天人们都要吃面条，便到白魁老号这里来吃一碗抻面，浇少一点儿烧羊肉，再浇上半碗烧羊肉的汤。味道实在不错，口口相传，白魁老号出了名。二月二龙抬头，逛隆福寺庙会，捎带脚到白魁老号吃烧羊肉抻面，临走时再带走点儿烧羊肉的汤，便成了一种习惯。

白魁老号

春

据说每年这一天,皇宫里要专门派人出宫,手捧着八个朱漆彩绘的捧盒,到白魁老号来取定制好的烧羊肉。清代皇室也要赶在二月二龙抬头这一天尝一口白魁老号的烧羊肉,白魁老号想不出名都不成。

店主白魁此人,命运不济,后来不知什么原因,得罪了朝廷,被充军发配到了新疆。白魁老号只好转手他人,接手的是店里一个叫景福的厨师。景家并没有将店面改为景福老号,而坚持旧名,认为白魁是冤枉的。景福和其后代,让人敬重。我常想,拥有两百多年历史的白魁老号,世事沧桑,人生冷暖,命运跌宕,悲欢离合,故事不比全聚德少。如果能有有心人钩沉历史,梳理枝脉,打捞往事,定能写出一部大戏来。会像人艺演出过的话剧《茶馆》《天下第一楼》一样,惹新老北京人夜半之思。

胡同里的修辞家

我对胡同里的吆喝声,没有研究,但对吆喝声特别感兴趣——

卖花生——芝麻酱味儿的。

卖烤白薯——栗子味儿的。

卖萝卜——赛梨味儿。

卖甜瓜——冰激凌味儿。

卖西瓜——块儿大,瓤儿高,月饼馅的来!

要不就是——斗大的西瓜,船大的块儿,青皮红瓤,杀口的蜜呀!

还有这样吆喝的——块儿大呀,瓤就多,错认的蜜蜂儿去搭窝,赛过通州的小凉船的来哎!

这样的吆喝声,真的体现了吆喝的艺术,透着几分幽默,又透着一丝狡黠,让自己所卖的东西一下子活灵活现、吸引众人。

卖西瓜咧 块儿大 瓤儿高
月饼馅的来

卖西瓜咧 块儿大 瓤儿高 月饼馅的来

春

尤其是卖西瓜的。那时候的夏天，哪个街头巷尾，没有个卖西瓜的小摊？要想吸引人们到自家的摊前买瓜，吆喝声就得与众不同。你说是蜜一般的甜，我就说是蜜蜂跑到我的西瓜上错搭了窝——更甜，我还得特别再加上一句，我的西瓜块儿大得赛过了小凉船，而且，是从通州来的小凉船。这是大运河从通州过来，一直能流到大通桥下（如今的东便门角楼下）的情景，是带有指定性的具体场景，是那时候的人们都看得见的熟悉的情景，才会让人感到亲切、如在眼前。

再举几个例子。卖菠菜的喊："火芽儿的菠菜来——"卖大白萝卜的喊："象牙白的萝卜来——"哪怕卖的是小小的樱桃呢，也会加上一个修饰词："带把儿的樱桃来——"让人忍不住想到齐白石画的那些鲜艳欲滴的樱桃，哪一个不是带把儿的呢？你就得佩服这些小贩们的审美心理，是和齐白石一样的。一个"带把儿"的樱桃，就像是带露折花一样，水灵灵的，那么可爱起来。

我对这样的吆喝声，曾经做过大量笔记。我觉得这应该属于民间艺术的一种，是胡同里优美的文学修辞，是研究老北京文化不可或缺的一种带有声音的注脚。

裱糊匠

裱糊匠，在老北京，是一个古老的职业。

老北京人家的顶棚，一般都是纸糊的。春暖之后，顶棚的纸必须要换，因为过了一冬，即使不坏，也差不多被屋里用来取暖的煤球炉子烟熏火燎得发黄发黑了。而且，这种顶棚是用面粉打成糨糊糊在纸上面，常常会有耗子在上面窜来窜去，磨着牙吃那些干透的糨糊。住在这样的房子里，经常会闹耗子。

糊顶棚是技术活，需要请裱糊匠。《燕京杂记》里说："不善裱者，辄有皱纹，京师裱糊匠甚属巧妙，平直光滑，仰视如板壁横悬，或间以别纸点缀，为丹楹客角状，真如油之漆之者然。"他说的"间以别纸点缀"，我没有见过；但他说的好的裱糊匠裱糊的顶棚和窗户，平直光滑，没有一点皱纹，我是见过的，街坊称赞道："光滑得就像小孩的屁股蛋子！"

对于这种糊顶棚和窗户纸的裱糊匠（也叫裱褙匠），清

该换顶棚了

春

末以来，很多书中都曾经给予赞美。震钧在《天咫偶闻》里说："若裱褙之工，尤妙于裱饰屋宇，虽高堂巨厦，可以一日毕事。自承尘至四壁、前窗，无不斩然一白，谓之四白落地。其梁栋凹凸处，皆随形曲折，而纸之花纹平直处如一线，无少参差，若名器之属。则世间之物，无不克肖，真绝技也。"

清末之人柴桑，在他的《京师偶记》一书中，写有这样一则更为绝技的轶闻。说是朝廷需要裱糊匠，吴郡特别送来四位，朝廷先给了他们一枚细腰葫芦试验："令裱其内，一人沉思良久，乃去幕入盌锋其中，令之人互摇之，使极光洁，然后用白棉纸水浸一宿，调匀灌入，即倾去俟干复灌。如是数次，然后进御破之，则彻里有纸而更无补缀之痕。"

这实在让人为之惊叹，大概是裱糊匠最高超的技艺了。

隆福寺折子戏

庙会，是寺庙的衍生物。老北京过年时讲究逛庙会，遍布京城的大小庙会很多，最有名的是隆福寺庙会和护国寺庙会，东西两城遥相呼应。有《竹枝词》唱道："东西两庙货真全，一日能消百万钱。"

隆福寺，明朝老庙。在庙会方面，隆福寺有着自己辉煌的篇章。当年和余叔岩、马连良齐名的老生高庆奎，在逛隆福寺庙会时，邂逅绰号叫作"面人汤"的汤子高。汤子高擅捏戏曲人物，一位戏人，价钱高达一块现大洋，在当时，这可不是小数目。两人久仰已久，这是他们第一次相见。寒暄过后，汤子高技痒手痒，直爽地要求高先生为他摆一个《战长沙》的身段，他当场捏个面人儿。高先生也不推辞，爽快地一口答应。

《战长沙》是一出有名的红生戏，也是高庆奎的拿手戏，讲的是关公和黄忠长沙一战生死结盟的故事。高庆奎就

惺惺相惜

在汤子高的摊位前摆了个关公拖刀的身段，展示的是"刀沉马快善交锋"的雄姿。但是，这是个单腿跪像，对于汤子高而言，捏起面人儿来，不是一个好的角度。他觉得有些棘手，一时不好下笊篱。汤子高居然没有客套，直言请高先生换个姿势。高庆奎没有觉得这个要求有什么过分，或者是对自己有什么不尊重，立马儿换了个关公横刀肃立的亮相姿态。那么多人围看，那么长时间立着，高庆奎没有一点儿不耐烦，和在舞台上正式演出一样。那一刻，他不是高庆奎，是红脸的关公。

面人儿捏好了，汤子高把面人儿装进一个玻璃匣中，走到高庆奎面前，奉送给高先生。高庆奎一看，面人儿捏得惟妙惟肖，他爱不释手，对汤子高说："手工钱我领了，但玻璃匣钱照付。"便拿出钱来——是多出一份手工费的。

这便是当时的艺人，在艺术面前，透着彼此的尊重和惺惺相惜。这一天，两位"流量明星"在隆福寺庙会上演了一出精彩的折子戏。

三伏二闸水耗子

盛夏三伏天到来之际,早些年间,老北京人找乐儿最好的去处,是到东便门外的二闸游乐。

二闸,又叫庆丰闸,在出东便门三里处。大运河到通州后流进北京城,必经此地。当初从东便门的大通桥往东,一共修有五个闸,都是为了蓄水,以备进入北京城的河水变浅,妨碍船只的运输之需。《旧京风俗志稿本》里说:"所谓二闸者,即二道水闸也。闸前有水搭浮桥,闸堤甚高,由上至下,成一十余丈瀑布,河身深阔,河水清漪。"清诗更是很直白地表述:"五闸屹屹蓄水利,奔流直下跳圆珠。"

因有如此水景,二闸成为五闸中最出名者,《天咫偶闻》中说:"二闸遂为游人荟萃之所,自五月朔至七月望,青帘画舫,酒肆歌台,令人疑在秦淮河上……随人意午饭必于闸上,酒肆小饮既酣,或征歌板,或阅水嬉,豪者不难挥霍万钱。"足见那时候整个夏天二闸的鼎盛辉煌。不仅有酒肆茶楼林立，还有艺人演艺表演、水中泛舟游泳。特别是有此地的小孩子，水性极好，外号叫水耗子，可以站在瀑布的高处，待游人扔入水中钱币乃至鼻烟壶或戒指之后，跳入水中捞出，成为当时一项游人趋之若鹜的节目。

清末民初，对于老北京人而言，在消暑游乐方面，二闸和什刹海齐名。一九二七年，沈从文和胡也频曾一起游二闸，那时候，还有水耗子为他们表演跳水捞钱的游戏，而且，看到以前十来丈长的运粮船，被改成了娱乐喝茶的场所。沈从文曾感慨这是在学天桥，把运河最后一段的"二闸赋予北京人的意义，且寓雅俗共赏的性质"。可是，民国中期之后，什刹海渐成气候，又近在内城，沈从文所说的二闸的这种性质与意义，日渐萎缩，便差了很多。特别到了大通桥随蟠桃宫一起被拆，二闸彻底消亡。如今，在二闸处新修了一座庆丰桥遗址公园，勉强为人们提供一个老北京消夏的回忆。

养鸟人一天

老北京人讲究养鸟,是旗人遗风。老舍先生的话剧《茶馆》,第一幕戏里就能见到提笼架鸟的主儿。这样的传统,至今犹存,在北京,南北两城,十里河和官园,还有热闹的鸟市。

养鸟,首先讲究遛鸟。遛鸟,要赶早,天不亮,就得提着鸟笼出门。以前,有这样的俗话:"筒子河听鹨鸣,先农坛听鹰啸。"因为筒子河水清亮,先农坛古树多,鹨和鹰可以借水借树而让自己的鸣叫声不俗。这一点,和唱戏的清早到这两个地方吊嗓子,有得一拼。

鹨和鹰是大鸟,讲究到筒子河和先农坛这样的开阔之地。一般人养的是百灵画眉之类的小鸟,一清早上哪儿遛鸟?画家于非闇先生的旧文里谈到,在没有如今这么多公园的时候,是要"侵晨起,举鸟出城沿河行,七八里,入茶肆,人饮茶,鸟亦饮水,水盛以葫芦,洁泉也"。看,多讲究!养大

养鸟·逗人

甲辰 喻湃

养鸟·逗人

春

鸟和养小鸟的人，各有自己遛鸟的地盘。养鸟人，各有自己的鸟友。

养百灵鸟之大忌，是怕脏其口，因为百灵能精美巧学各种声音，不能让各种杂音罾声侵蚀，所以有"净口百灵"之说。还是看于非闇说的一则轶闻，架鸟者过大马路时，"每见电车过，探其夹入鸟笼，拨打震摇，俾笼中鸟不得闻铃声之当当，飞走疾驰，不得浼焉"。飞走疾驰者，是养鸟人；不得浼焉，指的是不让鸟受到污染。这样一幕街头小景，如今难得见到了。

然后，养鸟人才会有闲心到茶馆来喝茶，正如我们在话剧《茶馆》里看到的情景。

饮完茶，回到家，更精细者，会把百灵画眉"置大缸中，上覆以盖，不使闻外声。凡有声足以乱其鸟使脏者，皆严禁"。

如此，讲究的是晨遛、午晒、晚喂，鸟和养鸟者各得其乐。这一天，才算是功德圆满。

京城说京剧

北京城是座戏剧之都。早在十三世纪的元大都时期，北京城便是元杂剧代表人物关汉卿等戏剧家的活跃之地，关汉卿的代表作《窦娥冤》便诞生于此。明成祖迁都北京之后，带来南方的昆曲，使得京城的戏剧更加丰富。到了清代，从乾隆皇帝到慈禧太后，都对京剧青睐有加，使得京剧演出从宫廷到民间都格外辉煌。辉煌的标志在于两点：一是名角辈出，"同光十三绝"个个身手不凡，是一座座难以逾越的高峰；二是戏园子增多，如雨后春笋般，上至庙堂下至百姓，都有地方看戏，京城成了名副其实的戏剧之都。外地人到京城来，怎么说也得看一场京剧。

京城戏园子首先建在宫廷里，紫禁城的寿安宫大戏楼，此外还有颐和园的德和园大戏楼，至今尚存。

当时一些市场、庙宇和会馆里，也设有戏台、戏园子或戏楼。东安市场的吉祥戏院、劝业场的新罗天剧场、青云阁

看戏归来

的小舞台，梅兰芳等名角都在那里唱过戏。陶然亭边的江南城隍庙、天坛北的药王庙里，都有过戏台，为普通大众演戏。阳平会馆、湖广会馆、安徽会馆里的大戏楼，至今还在。

京城戏剧真正的辉煌，是戏园子在街头巷尾蓬勃出现。清乾隆五十五年（1790年），三庆班第一个进京，紧接着，四喜、春台、和春"四大徽班"全部进京。如此多的演员来了，平民化的演出场地，先以茶楼茶园的形式蓬勃出现。有资料显示，清末时，戏园子主要集中在前门楼子东西两侧，共有三十余座。不要说现在的北京城，就是在世界任何一座城市，也难以找到剧场如此密集之地。

清末民初有这样一首《竹枝词》，说的是当年人们看戏的喜悦心情，以此表达对京剧的热爱："生儿应学谭鑫培，养女当如刘喜奎。看破人间原是戏，逢人每至散场回。"所谓"散场回"，指的是散场之后，边走边说着刚看的戏，没几步就到了家。

那时看戏，真的是方便，戏园子大多建在胡同里，剧场离家都不远。我小时候，前门两侧，路东肉市胡同的广和楼、鲜鱼口的天乐园，路西大栅栏的庆乐、同乐、广德楼、大观楼，还有粮食店街的中和几家老戏园还在，真的是几步的路，走着十来分钟就到。

第六章

一蓑烟雨任平生

陆

陆

春到何处去赏花

冷饭庄 热饭庄

在老北京，饭店有庄、堂、居、楼和斋之分。其中叫庄叫堂的，规模最大，讲究最足。饭庄，又有冷饭庄和热饭庄之分。平日里开门揖客营业的，叫作热饭庄；冷饭庄，平日不卖座，只应承大型官宴和红白喜事。凡是冷饭庄，里边必有舞台，可以唱戏，所以办堂会要找这样的地方。冷饭庄，是需要连吃带喝，外加可以听戏的。

冷饭庄，都是在很大很气派的四合院里，而且是三进院带抄手走廊的四合院，比如前门的福寿堂，便是这样一家冷饭庄。福寿堂的名气大，还在于它的菜确实做得好。它是一家山东饭庄，当时，鲁菜正挟风气之先，有俗语说：东洋的女人西洋的楼，山东的馆子福山的厨。福山是山东的一个地名。不说别的，光是在鸡身上做文章的菜就有三十多种，这在别的饭庄是做不出来的。

福寿堂的地盘很大，颇具规模，有四五个四合院连环套

冷饭庄热饭庄

平日里开门揖客营业叫热饭庄，冷饭庄且是需要连吃带喝外加可以听戏的

壬寅夏 喻箮勃

冷饭庄 热饭庄

春

着，能应承上百桌人吃饭。这在一般的饭庄里，是不多见的。过去老北京有句谚语，叫作"头戴马聚源，身穿瑞蚨祥，脚蹬内联升"，说的是帽店马聚源的马家、大栅栏的布店瑞蚨祥的孟家、鞋店内联升的赵家。这三家都是腰缠万贯的人家，办堂会，请客吃饭常常到福寿堂。据说一次瑞蚨祥的孟家办酒席，将前门附近围得水泄不通，警察都来维持交通，唱戏请来的都是王瑶卿、杨小楼等一批名角，一唱唱到第二天天亮。

福寿堂的有名，还在于它是北京第一次放映电影的地方。清光绪二十八年（1902年），一个叫雷玛斯的西班牙人带着机器和胶片，到福寿堂的戏台放映电影，让中国人第一次见到这洋玩意儿。

冷饭庄，在老北京的饭庄里，向来是拔得头筹的。

酒馆的分类

清震钧《天咫偶闻》一书说北京的酒馆有南酒店、京酒店、药酒店三种："一种为南酒店，所售者女贞、花雕、绍兴、竹叶青之属；肴品则火腿、糟鱼、蟹、松花蛋、蜜糕之属。一种为京酒店，则山左人所设，所售则雪酒、冬酒、木瓜、干榨之属；而又分清浊，清者郑康城所谓一夕酒也；又有良乡酒，出良乡者，都中亦能造，只冬月有之，入春则酸，即煮为干榨矣；其肴品则煮咸栗肉、干落花生、核桃、榛仁、蜜枣、山楂、鸭蛋、酥鱼、兔脯之属；夏则莲、藕、榛、菱、杏仁、核桃，佐以冰，谓之冰碗。另有一种药酒店，则为烧酒以花煮成，其名极繁，如玫瑰露、葡萄露、五加皮、莲花白之属。"

见过的酒馆，没有震钧所说的这样种类丰富，内容繁复。这样的酒馆，在北京并不属于大众。遍布大街小巷的，大多只是小酒馆，门脸不大，几张桌子板凳，都没有油漆。大门总是敞开着，夏天一个竹门帘，冬天一个棉门帘。那情景，和

——在老北京，这样的小酒馆叫大酒缸

北京人艺排的话剧《骆驼祥子》里那个拉洋车的潦倒老人，在风雪之夜撩开破棉布门帘进来很相似，和那些灯火辉煌的大酒楼有霄壤之别，和震钧所说的三种酒馆也不搭架。

　　这样的小酒馆门口或门内，一般放一个大酒缸，酒缸上的木盖，就是放酒的桌子，人们就坐在酒缸前喝酒，一般都是地瓜烧。下酒菜，一般就是一盘花生豆，顶多再有一盘猪头肉，就很好了。不过，他说的咸栗肉，我倒是见过，那时候，我跟父亲去过这样的小酒馆，父亲喝酒，给我买一盘这样的栗子吃。栗子是带壳煮熟的，上面剪了一个十字口，很入味，和糖炒栗子完全不同。

　　在老北京，管这样的小酒馆叫作大酒缸。

京城西药房

在老北京，以前人们只认中医中药，各个时期，有名的中医，遍布京城，从不断线；有名的中药铺更是代代传承，越开越多，像我家住的老街深巷，就有中药铺。而且，药铺越做越大的也不少。像最有名的同仁堂，分店在京城多点开花，新中国成立以后当过北京市副市长的乐松生，已经是乐家第十三代传人。当年《竹枝词》中，有"都门药铺属同仁"和"买药逢人问乐家"之句流行。中药铺，了得！

如果不是清末国门打开之后，西风东渐，西医西药不会入北京人的法眼。京城最早的西药房叫老德记洋药房，开业于一八九八年，比一九〇三年北京最早开业的得利面包房还早五年；比一九一八年伍连德创办的京城第一家西医院中央医院，更早二十年。可惜，它生不逢时，仅仅存活了两年短短的时光。它选的地方在大栅栏，一九〇〇年就被一把大火给烧得片甲无存。

京城西药房

不过，西药房既已进入北京，是野火烧不尽的。一九二四年，离当年老德记洋药房不远，在大栅栏街口对面的前门大街路东，五洲大药房开业，占地比老德记大多了，是北京城当年最大的西药房。它是比北京更得风气之先的上海五洲大药房的分店，创始人是黄宗羲的后裔黄楚九。这是一座二层白色小楼，欧式风格，楼顶有钟楼，在整条前门大街，鹤立鸡群，分外醒目。店里面很宽敞，玻璃柜台，和中药铺的高柜台、一盒一盒长抽屉式药箱的格局大不相同。

这家西药房，存活于北平和平解放之后，一直到十几年前，改名叫全新药店，依然坚持卖西药。它和老同仁堂中药铺相互呼应，如同在中国画墨汁淋漓的渲染之中，多了一笔西洋油画的色调。

如今，到前门大街，这座小楼还在，但不再是西药房，而改作他途。只有楼顶上的老钟还在，顶着日光与月光，指示着与世界相同的时间。

春到何处去赏花

药铺改名记

如四大名旦一样,老北京也有四大药铺:同仁堂、鹤年堂、千芝堂、万全堂。

同仁堂开业于康熙八年(1669年)。"同仁"之名取自《易经》,意为无论亲疏远近一视同仁,讲究一个医德。清末《竹枝词》中,有"都门药铺属同仁"和"买药逢人问乐家"之句流行。可以想象,当时求药的人络绎不绝,让同仁堂在四大药铺中拔得头筹。

万全堂,开在明永乐年间,比同仁堂的年头还老,传说是乐家祖业,后来乐家把它当成女儿的陪嫁赠予他人,才改换门庭。民国期间,万全堂有京城名医杨绳武题写的对联:万国称扬誉广三千界,全球景仰名垂五百年。足见其历史悠久。所以有人说,是先有万全堂,后有同仁堂。

鹤年堂于明永乐三年(1405年)创办,名字很雅,取《淮南子》中"鹤寿千岁,以极其游"之意,和药铺没有什么关系。相传是严嵩别墅花园里一个厅的名号,"鹤年堂"三字是严嵩手书,后流落在外,被药铺的老板得到,觉得字苍劲有味,遂当成药铺的名字。鹤年堂两侧有忠臣戚继光书写的"调元气""养太和"的配匾,堂中有另一个忠臣杨继盛书写的抱柱联"欲求养性延年物,须向兼收并蓄家",给鹤年堂提气。

千芝堂开在明末之际,店名取"世有千芝,天下共登仁寿"之意。传说千芝堂藏有千万枝灵芝。千芝堂真正发达,是在清光绪七年(1881年),搞药材批发的吴霭亭花两千两银子买下千芝堂,又聘请懂制药懂管理的王子丰当掌柜。王极其精明,八国联军进京时,他低价大量收购有钱人家存的参茸,战后再原价卖出,还把当时的四大名医之一施今墨请到千芝堂坐堂。一下子,将千芝堂经营得风生水起。后王子丰自恃有功,和吴霭亭闹翻,自立门户,开了庆仁堂,成为京城四大药铺之后的第五家。

有意思的是,这五大药铺,经历那么长久岁月,一直店名不改,到了"文革"期间纷纷改名。同仁堂改名为北京中药店,鹤年堂改名为人民药店,万全堂改名为解放药店,千芝堂改名为井冈山药店,庆仁堂改名为永向阳药店。也是一桩轶事。

胡同里的庙

唐诗里说:"南朝四百八十寺,多少楼台烟雨中。"在老北京,寺庙最多的时候,可远不止四百八十寺。和传统的"深山藏古寺"不同,北京的庙多在胡同里。

清乾隆十五年(1750年),曾经绘制《京城全图》,在上面标明城内的寺庙有一千二百七十二座。这大概是北京城内寺庙迄今可以查到的最早数据。

民国时期,由政府出面,在一九二八年、一九三六年、一九四七年,进行过三次寺庙调查。一九二八年的数据显示,城内在册的寺庙共有一千六百三十一座。也就是说,从一七五〇年到一九二八年这一百七十八年间,寺庙增加了三百余座。这些增加的寺庙大多是在清晚期,那时建庙成风,而且,大多是密密地建在胡同巷子里,包括皇族寺庙、家庙和各类小庙。这里所说的庙大多在内城,是指前门宣武门西直门到崇文门九门以内,外城是扩充到永定门左安门广渠

胡同里的庙

春

门七门之内，也就是现在的二环路以里的地方。可以想象，这样的庙的密度，在任何一座城市里，都是少见的奇观。

北平和平解放以后，一九五〇年，北京文物整理委员会根据民国时期的资料，也曾经进行过一次庙宇的调查，统计出来的数字是一千三百零九座。这个数字包括了郊区县，因此，不清楚城区的庙宇到底还剩多少。根据一九四九年的统计，当时以庙宇为名字的胡同有六百零五条，占城区胡同总数的五分之一。这时候的庙宇尽管已经消失很多，但依旧有很多胡同和庙宇有着割不断的渊源，足见庙宇和胡同的关系密切。

北平和平解放以后，数字中消失的这些寺庙，大多变成了普通人家居住的大杂院，还有一部分改为了学校。我小时候家住西打磨厂这条街上，据《顺天府志》记载，清末时有玉皇庙、关帝庙、铁柱宫和萧公堂四座。其中铁柱宫改建成我上学的小学校，当时叫作北京市第二中心小学。

北京胡同爱改名

北京胡同,有百花深处、花园大院、芳草地、杏花天、什锦花园这样文雅美丽的名字。但是,胡同的名字最初起得粗俗的,也不在少数。比如叫大秃子、狗尾巴、驴蹄子、牛犄角、鸡爪子、烂泥塘的很多,甚至叫狗窝、屎壳郎、巴巴(屎)、粪厂的,也应有尽有。那时候,人们给胡同起名字,就像给自己的孩子起个狗子、傻蛋、二妞子、胖丫头的名字一样,越土越不嫌土,好懂,好记,出门容易认得回家的路,来人好打听到要找的门儿。

北京特别爱给胡同改名字,从民国伊始,改了好几次。将狗尾巴胡同改为高义伯胡同,狗窝胡同改为高卧胡同,鸡爪胡同改为吉兆胡同,大小哑巴胡同改为大小雅宝胡同,张秃子胡同改为长图志胡同,不一而足。

当年,学人瞿宣颖(晚清军机大臣瞿鸿之子)曾对改奶子府胡同为迺兹府不满,认为可笑之至。"东安门稍北有礼

狗窝胡同在哪儿呢

仪房，乃选奶口以候内廷宣召之所；有提督司礼监太监，有掌房有贴房，俱锦衣卫指挥。每季选奶口四十名养之，谓之坐季奶口；又别选八十名籍于官，谓之点卯奶口。"改成了洒兹府，这一切历史的丰富内容，便都荡然无存。

另一位前辈学人林志钧先生（北大教授林庚的父亲），也曾对胡同改名提出尖锐批评："街市数更，新名林立，如鞑子桥之为达智桥，奶子府之为洒兹府，驴市胡同之为礼士胡同，灵济宫之为灵境，既随意赋名，失之不典……类皆蹈袭前失，不知何所取义。历史观之薄弱，亦不学无术有以致之，此非细故也，北京地名凡某库某司某监某局者（如米粮库、惜薪司、司礼监、织染局之类），皆有关史乘，居今日而知数百年。"林先生说得一针见血，胡同随意改名，让后人"居今日而不知数百年"北京城之历史。

前门第一宾馆

清光绪二十七年（1901年），京奉火车站——就是现在的前门火车站修建，成就了前门地区商业的繁荣。其中旅店业，在北京城拔得头筹。当时的代表作，是现在依然挺立在西打磨厂西口的前门第一宾馆。

第一宾馆开业于一九一一年，可以说，它和前门火车站是并蒂莲。出火车站，往西一望，就能望得见它。四层楼高的它，在四周老街的一片平房中，鹤立鸡群，洋味十足。站在它楼上的窗前，能一眼看见火车站当时尚在南侧的西式钟楼，两者遥相呼应，彼此惺惺相惜。

自清末国门大开，西风东渐，这样东西合璧式样的旅馆，开始多了起来。前门第一宾馆引风气之先。一九一二年，东长安街建有长安春饭店；一九一八年，香厂路建有东方饭店；一九二二年，东长安街又建中央饭店；一九二五年，西珠市口建有中国饭店……

前门第一宾馆

这些当时名噪一时的饭店，如今都已经见不到了。但是，前门第一宾馆却历尽烽火岁月，沧桑还在。它自身拥有的沧桑故事很是不少。一九一九年，五四运动爆发后，北洋政府逮捕了不少进步学生，那年八月，周恩来为救学生，专门从天津来北京，就住在这家宾馆里。一九四九年北平和平解放前夕，共产党地下工作者进行地下活动，也是在这里住店作为掩护。无疑，这样的传奇，让它越发出名。

曾几何时，能住在这样的宾馆里，是一种时髦和荣耀。即便一百多年过去，还是四层小楼，还是中式木骨架的清代风格，一扇扇窗前依然洋味十足的铁艺花栏杆，坚固着那么久的岁月，依稀还能够看出当年的风光。

旅馆里面很宽敞，院落和室内改造很大，已经看不到最早的青砖铺地和一厅一室的布局。不过，房间和走廊的样子，还是能够看出那个时代的影子。幽暗的光线斜射进来，如果有穿着旗袍的女人袅袅婷婷走过来，会恍惚疑为二十世纪的情景，以为是电影《花样年华》里张曼玉和你擦肩而过。

儿童电影院

前些年，王府井南口路东那条漂亮的小路还在。它靠着长安街，路旁是一条带状的街心花园，种着好多花草树木，枝条袅袅婷婷，遮挡住长安街车水马龙的喧嚣，让这条小路分外幽静。在闹市中心，这里是一处别致的所在。

有皇上的时候，长安街是皇家御道，普通百姓不能走；皇上被打倒了，长安街被打通，百姓可以畅行无阻，才有了这条小路。这里原来是东单头条胡同，长安街通行了，紧挨着长安街的东单头条，近水楼台先得月，有了生机：先在东头拆掉一些民房，盖起了不小的东单菜市场，方便了附近居民买菜，生意一下子红火起来，便开始乘胜向西进发，紧贴着东单菜市场，陆续盖起了邮局和美琪电影院。洋人也看到了商机，跟进盖起了一些洋楼，作为旅馆和办公楼。这条小路，日渐繁荣，昔日东单头条的平房，被拆除殆尽。交通的发达，带来商业的发达；新楼盘新建筑群的兴起，则以拆除旧房为代

专门为孩子放映电影

春

价。一条老街东单头条消失了，一条新路诞生了。

儿童电影院，便是在这条新路的建筑群兴起时建起来的。它的前身是由洋人建的一座叫作平安的电影院，因为这里靠近东交民巷的使馆区，这是家专门为洋人服务的电影院，当时的美国大片《出水芙蓉》，最早就是在这里放映的。二十世纪五十年代中期，这座破旧的平安电影院被改造一新，摇身一变为儿童电影院，专门为孩子放映电影。这是北京这座城市第一座儿童电影院。

儿童电影院刚建立的那一年，我上小学四年级，老师带领我们到儿童电影院看电影。我到现在还记得，看的是《上甘岭》。如今，这座儿童电影院，连同这条漂亮的小路和路旁的街心花园，都变成了气派的商厦，叫东方广场。

京城纸店

京城纸店分为京纸铺、南纸店、纸马铺和纸庄这样几类。最开始，只有京纸铺和南纸店，纸马铺和纸庄是后开的。民国时期的《北平风俗类征》一书中曾这样介绍："纸铺的买卖向分两种：京纸铺南纸铺的分别，南纸铺所卖的都是所用的一切纸笔墨砚，宣纸信笺，图章墨盒，时人字画等，无一不备；京纸铺卖的是本京所造的各色染纸、倭纸、银花、鞭炮、秫秸、毛头账本，与裱糊匠水马不离槽。虽都是言无二价，京纸铺专能跟裱糊匠通行作弊。"可以看出，京纸铺和一般百姓关系密切，而南纸店则是文人和有钱人常去的地方。

《北平风俗类征》说得不全，京纸铺卖的不只是京城本地生产的纸张，还包括北方生产的纸张，比如银花染纸、东昌纸、花素纸。它说的"跟裱糊匠通行作弊"，指的是北京人必买不可的糊墙糊顶棚时候先打底子用的毛刀纸、后糊一层用的大白粉纸，还有糊窗户用的高粱纸，再有就是春节写门联的红纸、上茅房用的豆纸。

至于南纸店,《北平风俗类征》说得也不全,除了卖文房四宝和南方生产的各种宣纸、水印暗花的信笺,还有毛边纸、元书纸、金银箔纸。现在的荣宝斋就是典型的南纸店。

《北平风俗类征》没有说纸马铺,因为纸马铺一般没有京纸铺和南纸店多,专门卖的只是祭祀神祇或发送死人用的神纸、纸钱、挂钱之类,糊纸人、纸马、金牛、白羊之类的用纸。

这几种纸铺中,纸庄开得最晚,是国门开放后的产物。戊戌变法前后,专门印报纸的印刷纸、专门印画报的铜版纸,以及道林纸、洋宣纸、毛边纸、复写纸、粉连纸、油画纸……许多中国人第一次见到和听说的洋纸,让专卖西洋纸的纸庄一出现,立刻鹤立鸡群,占风气之先,买卖做得格外起劲。

老北京最有名的纸庄有两家:敬记纸庄、公兴纸庄。敬记于光绪二十四年(1898年)、光绪二十五年(1899年)开张,公兴在光绪二十六年(1900年)开张。公兴比敬记晚一两年开张,却比敬记幸运。一百多年过去了,公兴还在,还紧把着大栅栏东口老地方,敬记已没有了踪影。

京城报业前史

北京城最早办报的报社叫报房。这样的称谓，最早起于明崇祯元年，京城出现一张民间小报《报房京报》，"报房"一词始出。叫"报馆"和"报社"是以后的事了。

清末民初，时代变革动荡时期，京城风起云涌出现好多家报纸，最初都开设在铁老鹳庙胡同里。这里位于京城宣南地区，它们彼此影响，连理成枝，水漫金山，蔓延一片。报房在铁老鹳庙胡同里越来越多，成了报房一条街，人们索性把这条胡同叫报房胡同。"铁老鹳胡同"成"报房胡同"的名称之变，是历史的雪泥鸿爪踩踏出来的，颇具时代变迁的含义，即使岁月流逝已久，其中的斑驳之痕，小心触摸，还是能够感受到曾经的时代脉动。

日后，雨后春笋般，在后孙公园里的安徽会馆里康有为、梁启超办的《中外纪闻》，在香炉营胡同孙中山办的《北京民国日报》，在米市胡同陈独秀、李大钊办的《每周评

报纸印好了

论》，在魏染胡同邵飘萍办的《京报》，在棉花胡同头条林白水办的《社会日报》，在南柳巷办的同盟会的机关报《国风日报》，在宣外大街和丞相胡同李大钊、孙伏园办过的《晨报》，在马神庙胡同丁宝臣创办的《正宗爱国报》，在方壶斋胡同张恨水办过的《新民报》和中国共产党在北京公开发行的第一张报纸《解放》……都在报房胡同附近。不禁令人感慨当年这片地区的蓬勃生机。

据统计，当时一共有近四百家报房，云集于如此区区弹丸之地，连带着那么多的文化人在此云集，让思想和文字撞击出火花，让民众发出震天的吼声。想当年走在这里，没准儿瞅不冷子就和鲁迅、李大钊、孙伏园、张恨水抬头不见低头见呢。别看只是窄窄的胡同，斯是陋巷，惟吾德馨。

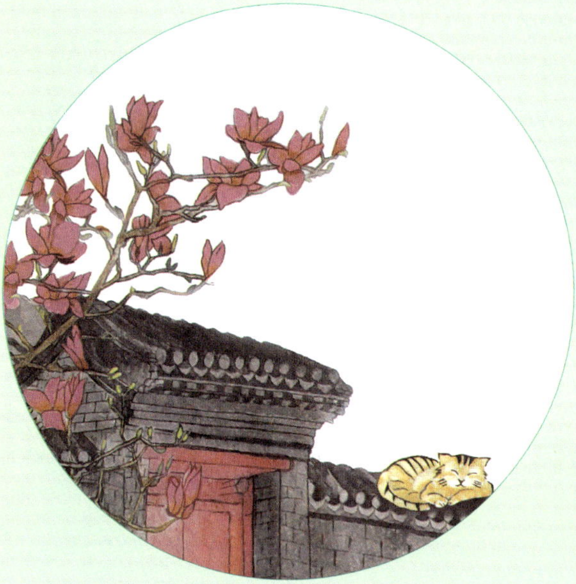

好的就是这口儿

去赏花　春到何处

图书在版编目（CIP）数据

春到何处去赏花 / 肖复兴著. -- 武汉：长江文艺出版社, 2024.11. -- ISBN 978-7-5702-3701-2

Ⅰ. I267

中国国家版本馆 CIP 数据核字第 2024VR2091 号

责任编辑：李　艳　　　　　　　　责任校对：毛季慧
装帧设计：壹诺设计　　　　　　　责任印制：邱　莉　胡丽平

出版：长江出版传媒　长江文艺出版社
地址：武汉市雄楚大街 268 号　　　邮编：430070
发行：长江文艺出版社
http://www.cjlap.com
印刷：湖北新华印务有限公司

开本：640 毫米×970 毫米　1/16　　印张：12.5
版次：2024 年 11 月第 1 版　　　　2024 年 11 月第 1 次印刷
字数：89 千字

定价：42.00 元

版权所有，盗版必究（举报电话：027—87679308　87679310）
（图书出现印装问题，本社负责调换）

春到何处
去赏花